手塚治虫

SF・小説の玉手箱

第2巻

シートピア

樹立社大活字の〈杜〉

シートピア

目次

編集協力——手塚プロダクション
装画・本文カット——手塚治虫
装丁——髙林昭太

ネオ・ファウスト

〔劇場版・未完成〕

登場人物

メフィスト（フェレス）……女の姿をした悪魔。神と賭《かけ》をする。

ハインリヒ・ファウスト……ペダン大学の名誉教授。人工生命の研究を五十年続けている。

ワグナー……その助手。のちにファウストの地位をつぎ、人工人間を完成する。

マーガレット……両親を戦争でなくした娘。ファウストを愛する。

ワレンタイン……その兄。軍司令官。ファウストに殺される。

ヘレン……古代ギリシャの美女。ファウストが思いをよせる。

マルテ……マーガレットの隣家のおかみ。

ヘカーテ……メフィストを育てた魔女。

大統領……ファウストが仕える無能な政治家。


林立する高層ビル、渋滞する車の群、そして色とりどりの商店と雑踏――どこにもある大都会の情景である。

しかしそこには世紀末的な退廃気分がみなぎっていた。

その街が、国立大学を抱えた学園都市であるだけに、街の若者達をおおう乱れた風紀や享楽ぶりは目に余るものがあった。

その裏通りの路地――。

煉瓦塀《れんがべい》にかこまれた片隅に、突然、ぼっと異様な炎が上がった。

その炎と煙が消えた時、そこに、女の形をしたものが立っていた。全身が毒々しい赤に包まれ、しきりに火花と臭気をまき散らし、しかも、それは長い、先の尖《とが》った尻尾《しっぽ》を振っていた。それは人間ではなかった。しかし、獣ではもちろんなかった。

いや、そのものの眼は、獣の何倍も鋭く、狡猾《こうかつ》に、好色に、陰険に輝き、しかも底知れぬ叡智《えいち》を秘めていたのだ。

異星生物？

——ある意味ではそう呼んでもよかった。

異次元からやって来た、という意味では同じだった。

そのものは〝悪魔〟と呼ばれていた。

人間が悪魔と呼んでいるそれは、なにも辺境民族の邪教が生みおとした怪物でも、中世の宗教弾圧でいぶり出された異端者の守護神でもなく、人類創世期からの原罪として存在するもっと巨大で想像を絶する支配力をもったものだった。それは科学文明の爛熟《らんじゅく》した現在の社会でもしぶとく細菌のようにはびこって、人の弱点にとびついて煩悩《ぼんのう》の毒液を注いでまわるのだった。

悪魔の種族（というべきかどうかはともかく）の中にメフィストという名の娘がいた。

もちろん、悪魔には男や女の区別はない。悪魔が相手の人間にとりつくのに都合のよい姿に、自由に変るのだ。

で、その悪魔は便宜上、若い女の姿をしていた。いや、姿だけでなく、心も性質も女になりきっていた。しかし、悪魔族の持って生まれたしるしだけはちゃんと具《そな》えているのだ。それは彼女のお尻からにょっきり生えた長い鉤《かぎ》形の尻尾《しっぽ》なのだ。

悪魔メフィストは、路地裏から、バスやタクシーやトラックの行き

9………ネオ・ファウスト

交う大通りのほうをじっとうかがった。

「いくらあたしでも、こんななりであの賑《にぎ》やかな通りには出られやしない」

とつぶやいて、指をちょいと動かすと、大通りに店を張っている新聞売り場の棚から、ファッション雑誌が舞い上がって、路地裏へ飛んで行った。

それをパラパラとめくって、最も新しいスタイルのグラビアを見つけ出すと、一瞬のうちに彼女はその服を身につけた娘に早変りしていた。

メフィストは大通りを横切ろうとした。

きゅーっ！　すさまじいブレーキ音がしてダンプカーが止った。

「ぼんくらめ！　どこに目をつけてやがる、信号が赤なのにわからねえか！」

歯をむき出してどなりつける運転手。

「信号ってどこ？」

「上を見ろ上！　気をつけろい！」

途端に、赤が紫に替わった。運転手は呆気《あっけ》にとられた。「紫色？　どうなってるんだ？」

次の瞬間、三つのライトがストロボのように七色に変りだしたのだ。

群衆が騒ぎだした。

「おいそこの女！」交通警官が走り寄って、

「交通妨害だ、署まで来い！　不審な点があるっ」

「なによ、ここは往来じゃないの、誰が通ろうと自由だわ！　ほら、みんな通ってるじゃない」――と、道路を指さす。

と無数のとかげとひき蛙《がえる》の行列。

ぎゃっと叫んで警官がとび上がった。

「ぎゃっ、ぎゃっ、ぐえっ、ぐえっ」

警官は何かどなろうとしても声にならない。その筈《はず》で、顔が蛙《かえる》に変っていたのだ。

「アハハハ……」けたたましい笑い声を残して、すでに彼女の姿はない。


メフィストは地下鉄の入口をおりていき、人混みに押されて車内にとびこんだ。

シートは乗客で満席だ。立っていた彼女が軽く足で床を蹴《け》ると、疾走していた車体が急ブレーキ！　そのいきおいに坐っていた乗客ががくんと前方へ押し詰められ、一人分だけシートがあく。そこへ彼女はけろりとして坐《すわ》った。

彼女の向いに四人の軽薄そうな若者が坐って話し込んでいる。風体からいって、国立ペダン大学の学生のようだ。彼女は彼等《かれら》のおしゃべりに耳を傾けた。

「――これで四つだぜ、四社ともはいりそこねたよ」

「おまえの力じゃ三流会社だってはいれるもんか。よっぽどのコネがなけりゃあな」

「そういうお前こそ、あれだけ大口たたいといてみんなおちちまったじゃないかよ」

「大学のファウスト教授の推薦状が利くと思ってアテにしてたんだがなあ」

「ファウスト先生の名前なんてもう通用するもんか。あのじいさんの権威も地に墜《お》ちたぜ」

「なにしろアナクロもいいところだからなあ」

四人は「大学前」の駅でぞろぞろ降りて行く。メフィストはこっそり四人のあとを追った。

地上へ出ると学園町である。

「やけビールでも飲むか……」

学生達は、とあるビルの地下へはいっていく。

学生を相手のちっぽけな酒場、軽いロックが鳴り、けだるいムード
が漂っている。四人はカウンターの奥に並んだ。

「ナマ四つ！」

「今日は採用の祝盃《しゅくはい》かね」とひげのバーテンがきいた。

「とんでもねえ、パーさ」

「もうやけくそだい」

「いっそ軍隊へ志願してみたらどうです。五年間の生活保障がつくぜ」

とバーテン。

「その代り命の保障はねえもんな。ドンパチは御免だ」

すでに二十年近く、この国は国境紛争で隣国と戦争状態がつづいていた。紛争の原因になっているのは、ほんの一握りほどの、国境の谷の所有権なのだった。長びく非常事態のおかげで企業の業績は上がらず、不景気と、自暴自棄《じぼうじき》的なムードが世の中を席捲《せっけん》していた。

「あの輝かしき前世紀の遺物のファウスト教授に乾杯！」

「カビのはえた推薦状の大先生、大学の北京原人に乾杯！」

「落ちこぼれ大学浪人の正義の味方、ハインリヒ・ファウスト教授に乾杯！」

ビールをあおっている彼等《かれら》の後から音もなくはいって来たメフィストがカウンターに止った。一人が目ざとく見つけて、

「いよう、君地下鉄に乗ってた子だろ」

「かわゆい子じゃん、なんて名？」

「うちの大学なの？　どこの学部？」

メフィストは色っぽく連中にほほえみかけた。こういう若者をたぶらかすのはあきている。しかし、彼等《かれら》に用があるのだ。

「あたしフェレスっていうの。よろしく」

「俺はフロッシュさ、どう、俺達の中へはいって一緒に飲まない」

「ええ、いいわ。でも実は貴方達《あなた》にお尋ねしたいことがあるの。ハインリヒ・ファウスト先生のことよ」

「ファウスト先生？　あのじいさんがどうしたんだ」

「ファウスト先生のことを知りたいのよ」

「あっは、あのじいさんのことを知らないなんて、君、よその学生だな」フロッシュは眉をひそめて「そうか読めた。君はわれわれから紹介して貰《もら》って、ファウスト先生の推薦状を頼みたいんとちがう？」

「あたし、先生の推薦状なんかいらない。あたし旅行者だもの」

「すると遠くから来たの？」

「もしかして外国人かい？」

「そうね、そういえばそうだわ」メフィストは軽くいなして、「ねえ、ファウスト先生のこと教えて！　そしたらみなさんに御馳走《ごちそう》してあげることよ」

「おい、この娘、きっと金持の留学生なんだぜ。ことによると外国の王女かも」と、一人が耳打ちした。

御馳走に惹《ひ》かれて、四人の学生はペラペラしゃべり出した。

「ファウスト先生はわがペダン大学の最高齢者、名誉教授にして学士院会員さ」

「もう五十年も大学研究室で研究に没頭してるんだ。その名声はあまねく政財界に行き渉《わた》り、名士として絶大の尊敬をかち得ている」

「だから先生の推薦状があれば、どの会社も入社オーケーだった。今まではね」

「そう、今までは」

「ところで、その先生の講義ときたら」

「講義ときたら五分と目をあいて居られぬしろもの」

「なにしろ、自分自身の研究と講義とが、区別がつかないんでね、支離滅裂で、てんで聞けたもんじゃないのさ」

「まあ骨董品《こっとうひん》的な価値はみとめるがね、学生にとっちゃあの人の存在感はまあないも同じなの」

　メフィストは、さりげなく聞いた。「先生の研究って何？」

「生命の本質をつきとめることさ」

「生命の本質？」

「そー、夢みたいな研究だ。しかも五十年たってもわからんとさ」

「間もなくあの先生も研究室でくたばるよ。そうなれば助手のワグナーが研究をひきついで、名誉教授になるんだろうよ」

フロッシュははき出すように云《い》って、

「さあこれだけだ。約束通りなにかおごって貰《もら》おうか」

「今更、いやというんなら、代りに俺と今夜つきあって貰うよ」と他の一人が云って、さし出した手をするりと抜けたメフィストは、ナプキンをカウンターに拡げた。

「なんでもお好きなものを云って頂戴《ちょうだい》。どんなものでもおごるから」

四人の学生は呆気《あっけ》にとられた。

「手品をやるのかい」

「おい、フェレス、君は俺達をからかっているのか、小娘のくせに馬鹿にするな」

「よし、驚くな、俺はトゥール・ダルジャンの鴨《かも》料理を一度食ってみたいと思ってたんだ。もし鴨料理が出せなければ、フェレス、今夜つきあうんだぞ」と一人が睨《にら》みつけた。

メフィストがナプキンをとると、とろけるような香りのソースのかかった鴨《かも》料理が現れた。

「こりゃどういう仕掛けだ!!」

「どうぞめし上がれ。あなたの番よ、フロッシュ」

「催眠術じゃないか。俺はホンコンの金持料理の態のてのひらが食べたいんだが、こいつはいくらなんでも……」

次の瞬間、注文の料理が現れた。

「俺はカナダ産のでっかいロブスターだ！」

「ぼくは食べ物はいらん。極上のドイツのワインがほしい！」

四人共、そのとおりになった。

「トリックだな、いや、まがいものだろう!?」

「味をみてから云って頂戴《ちょうだい》」

四人はむさぼるように食べ始め、上機嫌になって、どんちゃん騒ぎを始めた。

「こりゃ凄《すげ》え、本物だぞ」

「こんなものが食えるとは夢みたいだ。もう入社試験もへちまもあるもんか。じつになんとも人生は素晴らしい！」

そのうちに、陽気な騒ぎがわめき声に変った。料理から青い炎がたちのぼったのだ。

「あつつつ、あちちち、食い物が火になった！」一人が口から火を吹きながら暴れだした。

「口ん中が火ぶくれだ！」

「エビが燃え出したぞ助けてくれ、火事だ火事だ！」

「おいこりゃ一体何だ、ペテンじゃないか貴様、よくも俺達に……」

と、フロッシュがメフィストの手をつかんだ途端、彼女の全身も火に変った。

「うわーっ、ぎゃあっ」

肝を潰《つぶ》したフロッシュ達に、炎の中から巨大なエビと鴨と熊がとび出して襲いかかる。酒場の中はもう無茶苦茶である。


ここは国立ペダン大学の瀟洒《しょうしゃ》なキャンパス。その二号館の十三号教室が、ファウスト教授のゼミなのだ。

いましも、大黒板いっぱいに何やら方程式をぎっしり書きつらねて、ファウスト先生が熱弁の真最中……といいたいところだが、何やら独白ともうわごとともつかぬ言葉をつぶやきながら方程式を眺めまわし、聴講生の方はまるで意に介しない様子。聴講生といっても、ほんの三、四人で、それも単位をとるためにお義理で聴講しているのだ。ただ一人、教壇の横に神妙に立っている助手だけが、如才《じょさい》なくファウストのつぶやきにしきりにうなずいて居る。彼の名はワグナーと云《い》い、出世欲にこりかたまった俗物だった。

「——しかるがゆえにfはmzでなければならぬ……そうあらねばならぬ。そうだろうワグナー君」

「はい先生」

「しかるにだ……このfが、f'と等値であるがためにこの一切の方程式は全く矛盾してしまう。結局mzもyも無意味なのだ。どういうことなのだ！　わしのこの結論は空虚なのか？」

「いえ先生のこれまでのご研究の成果はちかって正しいと存じます」

とワグナーはおだてるように答える。

「いや……気休めを云ってくれるな。わしは失敗した。これでは何百年計算したとて答えはでん……たとえコンピューターでもだ！　ああ、わしはもう駄目だ！」ファウストは絶望的に頭をかかえ、ちいさなずんぐりしたからだをふるわすように、学生達に一瞥《いちべつ》も与えずにそそくさと教室を出て行った。

唖然《あぜん》としてざわめく聴講生達、その一番うしろに、いつのまにかあのメフィストが、女子学生然と坐《すわ》っている。

学生達やワグナーの姿が教室から消えてしまうと、メフィストはおもむろに立ち上がって黒板の前にやって来た。

「ふん、……お馬鹿さん」

とつぶやくと、ふいにチョークをとり上げてファウストの書き残した方程式のいくつかの部分に手早くなにか書き加え、いちばん最後の答えを修正した。

「これが分からないとは、やっぱりファウスト大先生も人間ね」

と云《い》い残して、ファウスト博士を追うように出て行く。それといれちがいのように、ワグナー助手がはいって来た。偶然だった。教室へ忘れもののメモをとりに戻って来たのだ。

ワグナーは黒板を見た。

その目が皿のようにまんまるに開いた。

「こ……これは！」

彼は黒板の方程式をすみからすみまで睨《にら》み廻した。顔が興奮で真赤になっていった。

「真理だ！」

彼は勝ち誇ったようにつぶやいた。

「なにもかも正しい……これは神の啓示か……すばらしい！」

そして次の言葉はほとんど聞きとれないほどのひとりごとだった。

「おれはファウストに勝ったぞ。これでやつもご用済みだ。老兵は消え去るのみ。その手伝いをしてやるか……」

ファウスト博士を追って、メフィストは、迷路のような二号館の廊下を急ぎ足で歩いている。

「あらいやだ、迷っちゃったわ、私ともあろうものが……」

研究室のドアがずらりと並んでいる。どれにも彼が長年築いて来た研究の成果が積み上がっているのだ。そのどれかの部屋に彼は居る筈《はず》だ。

「ファウスト博士こそ、あたしのめざす実験台……」

彼女はそれを確認していた。

「あのように、クソ真面目《まじめ》に象牙《ぞうげ》の塔に埋もれて人生を送って来た、典型的な馬鹿はほかに居ない」

そう思うと、彼女は武者震《むしゃぶる》いした。

「周囲に物笑いの種にされ、女も富も関わりなく、しかもドタン場に来て一生涯かけた研究に失敗した哀れな老人」

彼女はその老人に賭けたのだ。

——彼に人生の煩悩のすべてを与えて堕落させ、地獄に落とす——これが悪魔メフィストの賭けだった。彼女はこれを、ある偉大なものの前で約束した。そのものは、悪魔に対して、人間が神と呼んでいるものだった。しかしもちろん、悪魔についても述べたように、そのものは頭に光輪のついた世俗的な信仰の産物でも聖者のなれの果てでもなかった。いうなれば、宇宙の誕生——ビッグ・バン——と共に生まれたエネルギー体なのかもしれない。そして、悪魔とは、その本質の影の部分が独立してできたものかもしれない。この二つはつねに対抗して宇宙の歴史を形づくって来たのだ。

悪魔メフィストは、胸をはって申し込んだのだった。

——地球は今迄《まで》は貴方《あなた》がたの玩具《がんぐ》だった。しかしこれからは私達にゆずって貰いたい。正が邪となり、邪が正となる影の世界として支配したい——

神と呼ばれるものは、鷹揚《おうよう》に、賭けにそちらが勝てばな、といって笑った。

悪魔は挑戦とうけとった。

——では、賭けといきましょう。私は、地上におりて、あなたを信じている人間のうち、もっとも善良な人間を一人えらび出し、それを一年のうちにもっとも悪魔的な人間に変えてごらんにいれます。そして私がその魂を手に入れたとき、私の勝ちとして、地球をゆずって下さいますか？——

——いいとも。しかし不可能だろう——

——絶対にやってごらんに入れます。その人間をお選び下さい——

神とよばれたものは、はるか地上を見おろし、やがてうなずいた。

——ファウストという老人が居る。ハインリヒ・ファウスト、一生をしごく善良に、つつましく送って来た人間だ。彼をためしに欲望と邪心に充《み》ちた男に、変らせてみるがよい。できればお前の勝ちだ――

――その人間はどこに居ます?――

――お前は悪魔だろう。そのくらい探し出せんのか――

……そして、彼女はついにハインリヒ・ファウストを探し当てたのだ。

「彼こそあたしのもの」

どういう手段で彼を手中に入れ、変えさせるか……思っただけでもメフィストは血が躍った。

「そうだ、ファウストの匂《にお》いをたどればいいわ」

たちまち彼女は姿を黒犬に変えた。犬はしきりに鼻でかぎまわりつつ廊下の奥へ走って行く。

ファウストは奥まった薄暗い地下室に居た。そこは人工生命体の実験室でもあり、彼がここ十年間の生きがいの場所でもあった。ファウストはミイラのようにこの地下室で寝、起きてはひたすら実験に取り組んで来たのだ。くもの巣のように入りくんだパイプの群、林立するビーカーと、なにやら得体の知れない物体のうごめく水槽……それがファウストのとりでのすべてだった。しかし、今は、敗残《はいざん》の将として、このとりでをあけ渡さねばならぬ時が近いのだ。

ファウストは天井を仰いでため息をついた。

「わしは一生を、なんのために過ごして来たのだろう。

宗教も哲学も芸術も科学も、みんな、わしの人生になんの役も立たなんだ。

わしは、生命の秘密を、ついに、解き明かせず死んで行くんだ。

生きる……こいつは、どういうことだ。生きもの……こいつの本質はなんなのだ。なぜ人間にはその秘密が解き明かせぬのだ。

31………ネオ・ファウスト

わしは人工生命体をいくつもつくった。人工人間さえつくろうとしている。しかし、どれもこれもできそこないで、わしの求めている生きものではない！　生きるということはなんなのだ……それさえわかれば……それさえつかめば研究が完成できたのに！」

ファウストの老いた目から涙が流れた。

「神はわしを見捨て給《たも》うた」

ファウストの目は、棚の上のコップに釘《くぎ》づけになった。

「あれは何だ。ワグナーの置いて行った牛乳だな。なにか毒のような感じがする」

ファウストはコップをとり、匂《にお》いをかいだ。

「ワグナーめ、わしを毒で殺そうというのか」

ファウストは悲しげにつぶやいた。

「殺されても悔いはない。ワグナーめ、お前がわしの地位をのぞんでおることは知っておった。今、お前ののぞみどおり、これを飲んで死んでやろう」

彼は立ち上がり、コップをとり上げた。

「宇宙の真理に乾杯。

人間の学問なぞ、泡沫《ほうまつ》のようなものだ」

そして牛乳をあおろうとした瞬間、黒い犬がとびこんで来て、コップをたたき落した。

「おまえはどこの犬だ？」

犬はふくれ上がって、恐ろしい怪物の姿に変った。

「ふん、どこから来たか知らんが化け物のようだな。その牙《きば》と爪《つめ》でこのわしを引き裂いてくれい」

「それには及ばないことよ」と、怪物は、次第に女の姿に変化した。

「なるほど、魔女か」

「お好きなように。私の名はメフィスト」

「ここにはお前のほしがるようなものはないぞ」

「そう嫌わなくてもいいでしょう？」彼女はファウストを改めて見つめた。老いさらばえた小さな白髪の男、その目は悲しみとあきらめに充《み》ち、この世になんの未練もない朽《く》ちかけた人間。

「でも死ぬことはないわ」

「ほっておいてくれ。わしはこの世にはもう用済みじゃ」ファウストは椅子に崩れた。

「先生のうらみつらみは聞かせてもらったわ。もし私の申し出をきいて下さるなら、貴方《あなた》に三つののぞみを叶《かな》えてあげるわよ」

「申し出じゃと」

「貴方が満足したとき、私に魂を下さること」

「わしに満足などあり得ん。第一、わしの人生は終った」

「もう一度人生をやりなおさせてあげますわ」

「悪魔に、そんな力があるのか」

「もちろんあるわよ。貴方は特別なお客。貴方が契約してくれればあたしは貴方の召使になってあげます。そして、忠実に仕えて、どんな命令も聞くわよ」

「――そこまで奨《すす》めるなら、わしがかりに満足して『時間《とき》よ止れ、いまのお前は美しい！』とでも云《い》ったなら、わしの魂をお前にやってもよい。だが、そんな満足などわしにはあり得んじゃろう」

「では約束するわ。サインを頂戴《ちょうだい》。貴方の血でね」

ファウストはサインを終え、メフィストが尋ねた。

「ご主人様、第一ののぞみは？」

「もう一度若返りたい。人生をやりなおして、あの学生達のような、青春を、もう一度味おうてみたい」

「おやすい御用」

彼女は云《い》うが早いか、ファウスト博士の老軀《ろうく》を抱え、たちまち地下室の天窓を破って空高くとび去った。

ワグナーがはいって来た。ファウストのことされた姿をたしかめに来たのだ。

「居ない！」

床にとび散った毒入り牛乳を見て、ワグナーはいぶかしげに眉《まゆ》をひそめた。


メフィストはジェット機のように夜空をかけぬけた。

「どこへ連れて行くのじゃ」

「あたしの知りあいの魔女の所です」

その魔女ヘカーテは、ちょうどメフィストにとっては乳母《うば》にあたる魔女である。隠居して厨《くりや》を構え、大勢の猿人を使って、いろんな仙薬《せんやく》を大鍋で煮て居た。

メフィストがとびこんでくると、一目でそれがかつての自分の乳呑《ちのみ》児《ご》だとわかったヘカーテは、小躍りして喜んだ。

「これは、これは珍しい。お嬢様、ずいぶんとご立派になられて、でも昔からご自慢だった長い尻尾《しっぽ》とひづめのあるあんよはどうなさったのですかえ」

「ちゃんとあるわよ。でも今は人間に化けているから出さないわ。じつはお前に頼みがあって来たの」

「お嬢様の願いとあれば私ゃ何でも致しますよ。ところで、いくら人間といっても、風変りな男とおデートでございますね」

「そのことなの。事情があってこの人を若返らせたいのだけれど、そういう仙薬はあるのかい」

「ございますとも。どのくらい若返らせるのですか。分量が過ぎますと赤ん坊になってしまいますよ」

「二十歳ぐらいの青年に戻すのよ」

「では、これをお飲ませなさいまし」

ヘカーテは薬の一つをひしゃくに掬《すく》ってファウストにつきつけた。

ファウストはためらった。しかし思い切って、その脂ぎった汁を一気に飲みほしてしまった。ファウストの全身が火のように火照《ほて》り、活力がみなぎり、白い髪は漆黒《しっこく》にそまり、しわが消えてつややかな皮膚が甦《よみがえ》ってきた。やがてそこに立って居るのは、若くまばゆい、美貌《びぼう》の青年ハインリヒ・ファウストであった。

メフィストは、あまりの変貌に、さすがに目を見はった。

「それが貴方《あなた》？　知らなかった……」

老婆が姿見を指した。「ご覧なされ」

ファウストはわれとわが身をしげしげと見た。

「そうだ……五十年前、私はこんな姿だった……」

「今、そうなったのよ。ご主人様」

「奇蹟《きせき》だ」

ヘカーテは、ほれぼれと眺めているメフィストをひっぱって扉の陰へ連れて行き、

「おいたが過ぎますわな、お嬢様。これからあの男をどうなさるお積りで？」

「契約したのよ。あの男をとことん堕落させて、魂をぬきとってやるの」

「お嬢様、悪魔の本分をお忘れなく。男をたらしこむのは結構ですが、度を過ごさんように……」

「わかってるわ、よけいなお節介《せっかい》よ」

「うんにゃ、お嬢さまのさっきの目つきでは、あの人間に本気で惚《ほ》れ込む危険がおありのようじゃ」

「馬鹿おいいでないよ！」

二人がひそひそ話をしている間に、ファウストは、なにげなく厨《くりや》の奥へ歩いて行った。

彼はいまや青春のまっ只中《ただ》だった。体中にエネルギーが充《み》ち溢《あふ》れ、なにか大それた行動を始めたい衝動にかられていた。今や、彼はアカデミズムの鎖からときはなたれた一匹狼《いっぴきおおかみ》なのだ。

奥まった部屋に丸い玉が飾ってある。それに触れた途端に玉の中に映像がうつった。さながら立体テレビかホログラフィのように……画面には奇妙な怪物がうごめいていた。どこか遠い異星の世界を覗《のぞ》いているようであった。突然画面一杯に、目もさめるような全裸の女性が現れた。入浴している。彼女の館らしい。それにしても何という美しい女なのだ。

「なにをしてらっしゃるの、そんな部屋で……」

「女を見ている」

「女ですって？」

メフィストはかるいショックを受けた。

――この男は、若返ったとたんにもうこれだ……

「見ろ、この玉の中の女、これはいったい誰なんだ」

「ああ、それは世界一の美女といわれた、トロイのヘレンですわ」

「トロイのヘレン……ギリシャ神話の、トロイ戦争に出てくる王女のことか？」

「そうですわ」

「……美しい！　まるで宝石のようだ。世の中に、こんなに魅力にあふれた女性が居たとは……なんとか、一度でもいい、じかに会ってみたい」

恍惚《こうこつ》として見つめるファウストを、メフィストはいらいらと眺めた。

「もう三千年も昔の女だわ。タイムトリップでもしない限り会えないわ」

「タイムトリップ？　時間《とき》をさかのぼるのか？」

「できたらの話よ」

「悪魔ならできるだろう」

「時間《とき》の流れをさかのぼるのは、次元を越えるしかありません。それは人間には無理です」

「メフィスト！　私はあのヘレンに会いたい！　ぜひともだ！　これは第二ののぞみだ。お前はしもべならそれをかなえてみせろ。いやというなら、あの契約は破棄するぞ」

「…………」

うらめしげに、彼女はファウストを見上げ、そして苦笑いした。

「どうせ、会うだけじゃすまないようね」

「そうだ！　結婚したい！」

「生憎《あいにく》、ヘレンは世界の王者としか結婚しないんです」

「世界の王者？　それなら、わたしを世界の王者にしてみせろ。これが第三ののぞみだ。世界の王者となって、世界一の美女を手に入れることができりゃ本望だ。お前はそれをかなえる約束なんだぞ！」

さすがのメフィストも困りはてた。

ヘカーテは、それみたことかというふうに肩をすくめた。

ファウストとメフィストは、首都メーンポリスの大通りを歩いていた。

「世界の王者だぞ、忘れるなよ」

「そうせかさないで。いま、どう進めたらいいかプランをねってるのよ」

こんなことなら、ファウストを若返らせるんじゃなかったわ。

でもこの男、わがままで、世間知らずのおぼっちゃんで、一本気なところがかわゆいけど。

――いけない、感情をぬきにして考えなければ……

賭けに勝つためにはこの男の願いをきいてやって、魂を手に入れなければならない。

「まずこの国の大統領になって頂くわ」

「大統領に？　なんだか面倒なプランだな。一気に王者になれないのか」

「ものごとには順序というものがあるのよ。そして大統領になるには、貴方がこの国のかかえている戦争の、殊勲者にならなければなりません。それがいちばん出世の早道ですわ」

おりしも、大通りを、轟音《ごうおん》を立ててミサイル砲車や戦車のパレードが通過して行った。これから戦場へおもむく兵士たちだ。群衆はまたかといった顔でそれほど関心を示さない。兵士も同じだ。敵愾心《てきがいしん》に燃えて胸をはって進む者が一人だけ居た。先頭の戦車から身をのり出して、はるかな敵地を見すえている。

彼は軍司令官ワレンタイン。

きっすいの軍人。国粋主義者である。

ひたすら戦うことに人生を捧げている。

その張ったアゴ、ひきしまった口許《くちもと》は、彼が一徹で頑固に軍人精神を貫いていることを示している。

その彼にも泣きどころがある。

妹のマーガレットのことだ。

マーガレットが十七歳になるまで、父親がわりにいたわって来た。彼女は純情な娘だが、それだけに、冷酷な世間の風がおそろしい。妹をのこして戦場におもむくワレンタインの心境は曇《くも》っていた。そのマーガレットは、大通りの片隅でそっと征《ゆ》く兄を見送って、家へ帰りかけていた。

ファウストが通りかかって、マーガレットとすれちがった。

一目で、ファウストは魂を奪われた。

ペダン大学の学生にも、もちろんトロイのヘレンにもない清純な野の花のような娘。

「なんという可憐《かれん》な子なんだ！」

ファウストは思わず立ち止り、マーガレットを見送った。

もちろんメフィストもそれに気づいていた。「また始まった！」

――この男、際限ないんだわ。

これからも思いやられるんだわ。

「メフィスト、今の娘は？」

「知らないわ。そこらの下町娘でしょ」

「名が知りたい」

「ご主人様、いい加減に遊ばせ。あたし達これから大統領官邸へ行くんですよ」

「待ってくれ。今の娘はほかの女の子とちがう。ぼくは彼女のさみしそうなひとみを見た。なぐさめてやりたいんだ」

「貴方《あなた》の三つの望みとは関係ありません」

「おいメフィスト、主人のぼくが言うんだぞ。あの娘の名前と居所をつきとめて、報告し給《たま》え。あとはお節介《せっかい》やきはいらない。ぼく一人でやるから」

「わかりましたよご主人様」

メフィストは皮肉っぽく答えて、路地へ消えた。

わが家へ戻るマーガレットは、自分の頭の上を、いつのまにか小さな蝙蝠《こうもり》が追っているのに気づかなかった。

夜、マーガレットの寝室のあけはなたれた窓から、蝙蝠がとびこんで来て、戸棚の上にそっと止った。

蝙蝠はふくれ上がってメフィストの姿になった。メフィストはしばらくマーガレットの寝息をうかがって居たが、やがてちいさな手函《てばこ》をとり出して、戸棚の引き出しにこっそりかくし、肩をすくめて消え去った。


「マーガレット、朝から何を考えておいでだい」

隣家のお節介《せっかい》焼きの中年女マルテが部屋を覗《のぞ》き込んだ。

「いつのまにか、あたしの戸棚の引き出しにこんな手函がはいってるの」

「お兄さんが入れて行ったんだろ」

「違うわ、ほら中身」

マーガレットは手函をあける。燦然《さんぜん》ときらめく宝石のネックレスだ。

「まあ、まあ！　こんな高価なものを……ちょっとお見せ」マルテはネックレスをひったくってしげしげと調べた。「驚いた、こりゃ本物らしいよ。するとたいへんな値打ものだよ。いったい誰があんたに思い入れをしてるんだろうね」

「思い入れって」

「あんたに思いを寄せている男が入れたんだよ。それもお金持。きっと留守に来て置いてったんだ。有難く貰《もら》っておきよ」

「こんな手紙が添えてあるのよ」

「手紙だって」

マルテは渡された手紙を読んで首をかしげた。「満月の夜、黒い自動車が迎えに来る。それに乗ること」

「ね、気味が悪いでしょ」

「なるほどね、まさか相手の男、マフィアかやくざなんかじゃなかろうけど……よし、心配おしでないよ。このマルテおばさんがね、あんたと一緒について行ったげる。なに、悪い奴《やつ》だったら警察へかけこむまでさ」

そして満月が上った。

マーガレットはベッドの中でかすかに震えて居た。マルテは、いつでもとび出せるように押入れにはり込んでいる。

とつぜん警笛が鳴った。

マーガレットはおそるおそる窓の外をうかがった。

黒ぬりの車が止っていた。

「来たんだね」

押入れから、押し殺したようなマルテの声。

「いいこと、あたしから離れちゃいけないよ。あんた一人だと、何をされるかわからないからね」

二人はおっかなびっくりで車に乗り込んだ。まっ黒なスーツを着込んだ運転手がドアをしめ、無言でハンドルを握った。

車は辷《すべ》るように走り出した。

大通りから郊外の方へ……

マーガレットはますます不安がつのる。

「なに、大して恐《こわ》がるこっちゃない」

マルテは図々《ずうずう》しく度胸をきめこんでいる。

「もし相手が気にくわなけりゃ、ことわりゃいいのさ。あのネックレスはもうあんたのもんだからね。

あれを処分しただけでもあんたお金持になれるよ。もちろん、私にもわけてくれるんだろうね。これでも随分今まで面倒をみてあげたんだからね」

車は、暗い公園の森の中へさしかかって、木立の中で、突然止った。運転手がドアをあけ、マーガレットが先に出ると、いきなり、マルテの鼻先でバタンと閉められた。

「何をしやがるんだい、この馬鹿、開けておくれ、開けろったらこのぼんくら！」

マルテは大声をあげて、がんがんとドアを叩《たた》いた。車内に閉じこめられたのだ。

暴れ廻るマルテに構わず、運転手は、マーガレットに森の奥をさし示す。

そこに青年の姿があった。

「マーガレット」

「貴方《あなた》ね……なぜあたしの名をご存じ？」

「貴方とは一度逢ってます……大通りで、パレードの日に」

「ああ！　あの時すれちがった……」

マーガレットは、ファウストを記憶していた。

「戸棚に贈物を入れて下さったのは貴方？」

「たぶんぼくの使いです」

運転手が会釈をした。

「ぼくの名はハインリヒ・ファウスト……。誓って怪しい者じゃありません」

「……」マーガレットははじらいを見せた。なにしろ、彼女にとっては、男にあらたまって名のられたのは初めてなのだ。しかも、りりしく鼻すじの通った若者に。

「よかったらそのあたりの水辺に座ってお話ししませんか」

マーガレットは、上の空でそれをきいていた。

一目でファウストが好きになってしまったのだ。

そこからほど近いくぼ地に沼があった。満月が水面を鏡のように輝かせ、夜露は真珠のように水草からこぼれる。二人は沼岸の草に腰をおろし、しばらくお互いに無言だった。

「貴女《あなた》はひとり住いなんですね」

やっとファウストが口を開いた。

「家族の方は?」

「父と母は爆撃で死にました。兄は……司令官ですので……」

「そうでしたか」ファウストは、彼女の眼に宿る悲しみの影のわけを知った。

「ぼくもひとりぼっちなのです」

「ご両親は?」

「もう何十年も前に死んだんです」といって、ファウストはあわてて口ごもった。

「長いことペダン大学の研究室に居たもんで、……ぼくは研究の虫だったんで……女性の方と話すのはこれが初めてなんです」

マーガレットは信じられないといった表情でファウストをしげしげと見つめた。

「ほんとです信じて下さい。ぼくは今、世間にとび出した。体験したいことがいっぱいある。ほとんど全部が初めての体験です。ぼくが満足するまで、あらゆる体験をしたい! たとえば……こんな月の晩に森の中の池のそばに居るなんてことも今迄《まで》はなかった。ぼくには研究室の天窓の月だけが夜のすべてだった」

ファウストは無意識に感情をこめて云《い》った。

「なんの研究でしたの？」

「生きものは、なぜ生きるのか、ということについてです」

「なぜ生きるのか？」

「ええ、しかし、そんな研究テーマなのにぼく自身は、すでに死んでいた。はは……。世の中に出てぼく自身の体験で答えを見つけたい！」

「生きものって、お好きなんですか」

「好きですよ。人間がつくり出した生きもの以外はね」

「人間がつくった生きものですって？」

「そう、バイオテクノロジーですよ。人工生命体を、研究室でつくっていたんです。しかしできそこないだった。やっぱり、神が造り給《たも》うた生きものでなければいけないことをさとりました」

ポチャッと水面から魚がはねた。

「……それは……みんなせいいっぱい生きていると思うから」

また長い沈黙が流れ、突然ファウストがつぶやいた。

「ぼくたち、お互い、助け合えると思うんだ」

「そう……」

「これからの人生を……」

どちらからともなく、二人は寄り添った。

月は西へ傾いていた。

しげみの陰から、運転手姿のメフィストが二人をじっと見つめていた。お膳立《ぜんだ》てをととのえて、二人を結ばせたのに、彼女の心はおだやかでなかった。くやしさと苛立《いらだ》たしさが全身に走った。なぜだろう？悪魔なら、してやったりという会心の気分の筈《はず》ではないか。

「もしかしたら……あたしはファウストを愛してしまったのではないかしら？」

そのことに気がついたメフィストは愕然《がくぜん》とした。

なんということだ。そんなことは悪魔に許されるべきではない！

「馬鹿げてるわ。もう何千人も男をおとしいれてきたあたしが。ふん！」

メフィストは空に向って呪文《じゅもん》をきった。夜空の星々がたちまち雲にかくれ、二つ、三つ、すさまじい稲妻が走った。

「さあもうそろそろままごとの時間はおしまいよ、ご主人様」

たたきつけるような篠《しの》つく雨。

だが、抱き合ったファウストとマーガレットは動かない。

二人に、水面に、雨は容赦なく降りそそぐ。メフィストは目を嫉妬《しっと》で青く光らせながら立ちつくしている。

メフィストにとって、こんなに情けない気分の続くことは初めてだった。

何日も何日も、ファウストは、世界の王者になることなどそっちのけで、マーガレットとデートを重ねた。

恋。それはファウストにとって驚天動地《きょうてんどうち》の喜びであり、体験だったのだ。彼の単純な心の中には、もはやマーガレット以外はいる余地がなかった。メフィストは予想外の計算ちがいに戸惑いし、同時に彼を扱いかねて腹立たしくなった。

ついに、ファウストのホテルの部屋で二人は結ばれてしまった。

「さあ世間知らずのお坊ちゃん……そのくらいにして本題に戻りましょう」

ベッドで眠っているマーガレットを尻目に、シャワーを浴びているファウストの所へのりこんで来たメフィストは、うんざりしたように彼をうながした。

「またお前か……邪魔をしないでひっこんでろ」

「ご挨拶《あいさつ》ねえ。ほんの二、三日の間のお遊びかと思ってたけど、きりがないですものねえ。大統領官邸へ行く仕事にきりかえて頂く時間よ」

「大統領官邸……そんなもの、今は必要ないよ」

「そうはいきません。あたしはいわばプランナーであり、貴方《あなた》のマネージャーよ。いま官邸では閣僚会議が開かれていて、チャンスとしては今がベストなのよ」

「なにがマネージャーだ。おまえは悪魔でおれの家来じゃないか」

「家来じゃないわ！」

メフィストはひどくプライドを傷つけられて怒った。

「どうしてもスケジュールを守って頂きますわ」

と云《い》ったかと思うと、次の瞬間、彼はすっぱだかのまま街頭にほっぽり出されていた。

「やめてくれ！」

彼は真赤になってどなった。

何時の間にか極上のスーツに包まれている。

メフィストの声がすぐ耳もとでした。

「それはパリ仕立ての最高級品なのよ」

「勝手な真似《まね》をするな！　おれはここを動かないぞ！」

「そう、じゃあお好きなように」

途端に、またファウストははだかに戻った。

「うわーっ！　よせったら！　みんな見ている前で！」

「大統領官邸へ行きます？」

「行くから着せろ！」

またもや服がからだを包んだ。

「くそったれの変態め！」

「そんな悪態は貴方に似合わなくってよ」

メフィストは歩きながらささやく。

「でも、貴方って、意外とこぢんまりしたものを持ってるのね」

「なんだと！」

「もっとも、あたしは何百という男の妖怪とつきあって来たから、人間のものなんか、もののかずにいれないけどさ……」

「おい、その口をふさがないと一発お見舞いしてやるぞ」

「――でも、トロイのヘレンを口説《くど》くのでしょう。立派なものの方がいいと思うの。なにしろ、ヘレンの昔の恋人のパリスのなんかそりゃあ立派なのよ。なんなら、あたしが魔法で大きくしてあげましょうか」

メフィストは、ファウストをからかいながら、官邸の前へやって来た。

「いいですか、あたしの作戦はね、貴方《あなた》が第一級の鉱山事業家というふれこみ」

「どういうことなんだ」

「つまり山師《やまし》よ」

「そんなものになってどうするんだ」

「貴方は秘書官の前へ行って、こういうのよ。私はこの北のハルツの山中でたいへん質の高い金鉱を発見しました。お役に立てればと思い伺ったのです」

「金鉱？　そ、そんなでたらめが云《い》えるかよ」

「山師というのは、サギ師、という意味もあるのよ。閣僚達はきっと話に乗るわ。なにしろいまたいへんな財政難ですからね、この国は」

「……おれには自信がない……」

「じゃあ、あたしがブヨに化けて貴方の耳もとに止っていてあげる。あたしの云う通りにおしゃべりなさい」

「ちょっと待ってくれ！」

と云ったが、その時にはメフィストの姿は消えていた。

止《や》むを得ず彼は官邸の門衛《もんえい》に、取り次ぎをたのんだ。

「だめだ！　一般人は立入禁止だ」

門衛《もんえい》はにべもなく断った。

いきなりファウストの胸に、ポーンとＶＩＰのバッジが現れる。門衛はとび上がった。

「わ、そうとは存じませんで……どうぞこちらへ……どうなってるんだこりゃ……」

煙に巻かれた門衛の案内でなんなく秘書官室に通される。

ずるがしこそうな眼鏡の男が現れた。

「なにか御用ですかな」

「か、か、か、閣下に拝謁《はいえつ》したいのです」

「閣下とおっしゃいますと……」

「だ、だ、大統領閣下です」

耳もとでささやくブヨの声の通りに、しどろもどろでしゃべる。

「いま閣僚会議でして、それに、大統領は予定のスケジュール以外は誰にも会われません」

冷たくいう男に、

「ひや、百億ドル……い、いや、い、い、一千億ドル以上、差し上げようという、ご、ご相談もですか？　政治献金」

「なんですって？」

献金の話ときいて、秘書官ははじめて耳をそばだてた。

大広間では、大統領はじめ全閣僚が並んで頭を抱えている。

「このままでは国は軍事費支出で破産だ」

大統領が苦々しくつぶやく。

「もう、けずるものはないのか」

「文教予算は、もうダメです。これ以上けずられますと教育制度が破壊します」

「仕方ないではないか。戦争の為《ため》だ」

「そうなると学生達が騒ぎ出し、過激派が大統領閣下を襲いますぞ。テロ行動に出ますぞ」と文部大臣が抗議した。

「じゃあ厚生予算から、もうすこし……」

「厚生大臣としましては……」やせた男がしょぼくれて答えた。「戦傷兵士の病院をつくるのでせいいっぱいで……くすりが買えないと、伝染病もとめられませんし……」

「宗教法人は今まで無税で蓄財もあるだろう。宗教公団から献金をたのみたい」

大統領がうながすと、仰々《ぎょうぎょう》しいエボシをかむった大僧正が烈火《れっか》の如《ごと》くおこって立ち上がった。

「冗談ではありませぬ大統領！　兵士が進んで命を捨てるのは何の為

です？　死して神に祀《まつ》られたいからではありませぬか！　神仏をないがしろになさると、神罰が下り、たちどころに国が滅びますぞ大統領！

そもそも信仰の尊厳は……」

「わかった、もうよい。ではどうやって軍事費を捻出する？　誰かチエを貸してくれ」

「それをきめられるのは閣下のご裁量です。そうなさるのが一番だと考えます」国務大臣が重々しく云った。「さもなければ国民の不信を買い、いずれは大統領弾劾《だんがい》に及ぶでありましょう」

「ああ、わしは死にそうだ。やめてくれ」

大統領が悲鳴をあげた時、秘書官がはいって来た。

「閣下、ファウストという事業家が拝謁《はいえつ》を願い出ております」

「うるさい！　追い返せ」

「莫大《ばくだい》な政治献金を願い出ておりまして」

「なんだ？　献金だ？　フム、千や二千、受け取っても焼石に水なのだ……とにかく、頂戴《ちょうだい》しておけ」

「いえ、じきじき閣下にお話し申し上げたいとここへ……」

閣僚達がざわめいた。

ファウストが進み出て、最敬礼した。

「私は以前、大学で研究を続けておりましたが……」

ファウストの耳もとでブヨがささやく。

「この国の北、ハルツの山の地下深く、莫大《ばくだい》な金鉱が眠っているのを確認いたしました」ファウストが必死に復唱する。

「おたくは鉱山師かね」

国土庁長官が疑わしげに見つめた。

「はい、それを採掘いたしますと、ざっと見積って五、六千億ドルの黄金になります」

「ご、ごせんおく？」

大統領はとび上がった。

「そんな金鉱をどうやって掘り出すのだ？」

「私にお任せ下さいとおっしゃい」

ブヨが耳もとでささやく。

「わ、私にお任せ下さい」

「まさか、採掘費を出せというのじゃなかろうな？」

「採掘権だけ頂ければ、すぐにでも仕事にとりかかります」

「うーん、で、報酬はどうなのだ？」

「はい、わ、私を、そ、側近として採用下されば、光栄に存じます」

「こいつはペテン師だ！」国土庁長官がわめいた。「以前大学で研究だ？　貴様はまだ二十そこそこの若僧ではないか？　われわれの苦境を利用して私利を得ようとするいかさま師め！　警察長官！　こ奴《やつ》を逮捕なさい！」

　ファウストは慌てた。

「私はペテン師でもいかさま師でもありません、山師《やまし》です」

「どっちにしろ同じではないか。こ奴《やつ》を牢へぶちこめ。もしかしたら、人心かく乱をくわだてるスパイかもしれんぞ！」

「そうだ、きっとスパイだ。ＣＩＡかＫＧＢの手先にちがいない！」

　閣僚達は騒ぎ出し、ファウストは衛兵につまみ出されて、留置場へほうり込まれた。

「くそーっ、おれはスパイじゃない。出してくれーっ」

　鉄格子につかまり、やけっぱちでどなりつづけるファウスト。

「失敗だったわね」ブヨの声がした。

「お前が悪いんだぞ。だから、いわないことじゃない！」

「貴方《あなた》が、おどおどしていたからよ。もっと堂々と説得すればだれも疑わなかったわ」

「いいから、とにかく早くここを出してくれ！」

メフィストが姿を現した。

「まあ、そうせかないで。ここで気分を休めるのもいいわ」

「馬鹿いえ、そのうちにスパイの疑いで取り調べがはじまるぞ。拷問でもうけたらどうするんだ」

「男らしく堪《た》えるのね」

「なあ、メフィスト、いじわるは止せよ。おれはお前の計画の犠牲になったんだぞ。ここを出て別の手段を考えようよ」

「貴方がもうマーガレットなんていうつまらない女とデートしなければきいてあげるわよ」

「あの子とおれが愛し合うのは自由だっ」

「では、いつまでも独房に居なさいな」

「わかった。デートはしない。だから逃がしてくれ」

云い終らぬうちに、独房の鉄格子ががちゃんと音をたててあいた。留置場のあちこちの鉄扉が、ぎーっぎーっと次々にあいていく。人の気配はない！

「みんな眠らせたわ。安心して脱獄なさいませ」

メフィストは大仰《おおぎょう》におじぎをし、先に立って歩き出した。


「あの大統領は無能だ」

「そうのようね」

自由の身になった二人はホテルの屋上で風に吹かれながら官邸の方を眺めている。

「あいつじゃこの国の危機ものりこえられないよ。その上消極的だから、現物を見せなきゃあ動かんだろうな」

「黄金のこと？」

「そうだ。ほんとうにあるのかい、金鉱」

「あるわ、あの山よ」

メフィストが北をさし示した。

紫色にかすんだ山なみが浮かんでいる。

ハルツ山脈だ。昔から、魔物や精霊《せいれい》が住む山として人々は畏敬《いけい》している。

「あの山の谷間の地底深く、黄金の鉱脈があるの。そりゃあ無尽蔵《むじんぞう》に近い量だわ。でもふだんはあの山の精霊に守られているから、とてもそこへは行けないわ。

でも年に一度、ワルプルギスの夜に、魔物達のお祭がありますの。あたしも二、三度行ったことがあるけど、このあたりのお化け共がみんな集って大変な行事なのよ。

その晩だけは精霊《せいれい》も油断しているから地底へもぐれると思うわ」

「魔物のお祭りか……ぞっとしないな」

ファウストは心細そうに云《い》った。

「大丈夫よ。あたしがついてますよ。観光がてら行って体験してみたら？　そう、めったに見られない光景だから」

「なあメフィスト、この計画、白紙にもどさないか？」

「もう、プランはかえられませんよ」

メフィストはきっぱりと云った。

ひとつには、彼女に、思惑があったのだ。

当夜は魔物達の乱交パーティもある。

その大騒動の中へ、ファウストをひきずり込む。その雰囲気にのまれて、ファウストは性の快楽に没入し、酔いしれるかもしれない。メフィストが美しく装っていれば、きっと彼女に惹《ひ》かれてかき抱くかもしれない。

——そう、きっとそうさせてみせるわ。

彼女には自信があった。

——この人に最高の悦楽を与えてみせる。ヘレンだろうがマーガレットだろうが、二度と思い出させないほどの目にあわせてあげる。

彼女はひそかに笑った。

その夜が来た。

ワルプルギスの夜だ。

あちこちの墓地の石が動く。

死霊《しりょう》たちが闇の中へ浮かんで消えた。

沼地から奇怪な異形の影が立ち昇った。

雑木林からさまざまな光の粉をまきちらしながら妖精やゴブリンやグレムリン達が躍り出た。

ほうきに乗ってまっしぐらに飛んでいく魔女たち。

山羊《やぎ》にまたがってかけていく太った魔物。

小鬼や牛鬼、骨だけの騎士。

うわばみ、ガマ蛙《がえる》、いもり、コウモリやむささび、みみず、くもの群。

それらが一斉にハルツの山へ向っていく。

峠から山頂にかけては妖気が立ちこめている。芋を洗うような混雑。

踊り狂う魔女や亡霊たち、一心不乱に飲み食いしている鬼たち。身の気もよだつ叫声。不気味で挑発的な音楽ががんがん流れている。

メフィストは、ファウストの手をとって、馴《な》れた足どりで彼等《かれら》の間を登っていく。

「怖い?」

彼女はファウストに聞いた。

「もう何ともない」

「そうでしょうね。魔物というのは一匹だから怖いのよ。これだけ四方八方が魔物や妖精なら、むしろ、馴れて当たり前のはずよ。一人一人をよく見ていらっしゃい。結構ユニークでユーモラスな装いなのよ」

「だけどよくおれが人間なのに襲ってこないなあ」

「それはこうしてあたしがしっかり手をつかんであげているからよ。こうしている間は貴方《あなた》はあたしの持ち物だから誰も手を出さないわ。でもちょっとでも手を離したら、すぐに獲物をねらってる連中がとびかかってくるわ」

さまざまな匂《にお》い——硫黄《いおう》や花粉や獣や腋香《わきが》や、なまぐさい臭いがごちゃまぜにファウストの鼻をつく。白い霧の中に色とりどりの光の球がとびかい、音楽にあわせて、くるくると舞い踊る。阿鼻叫喚《あびきょうかん》、うなり声、肉をひきちぎる音、むしゃぶりつく音、そして種々雑多な彼《かれ》等《ら》のおしゃべり。

広場では何千もの妖怪がダンスパーティをしている。谷では妖精たちが「真夏の夜の夢」を演《や》っている。

「おや珍しい。メフィストじゃないか」

と声をかけたのは、白目にくちばしを持ったもぐらのような化物だ。

「盛大なのね」

「そうよ。このところ人間どもがおれたちを認め出したのでな、みんなご機嫌なんでな。なにしろ『ゴーストバスターズ』とか、『グレムリン』なんて映画で、おれたちを紹介してくれるまでになったからな」

「あんた地底の番人なのに、こんな所でお酒を飲んでていいの」

「今夜は無礼講《ぶれいこう》さ。地面の下なんかにくすぶっていられるかい。ところでいい男を連れてるじゃねえか、お嬢さん、おたのしみの場所はあっちだぜ」

「余計なお世話よ」

岩陰に大勢の男女がからみあって蠢《うごめ》いている。よく見るとみんな奇怪な顔をした妖怪たちである。むっとするような麻薬の香り、ファウストは目がくらみ、もうろうとなってよろめいた。それをメフィストが両手で抱きかかえた。

「疲れた？　すこし休みましょ」

それがメフィストの作戦だった。

二人は混雑するカップルの中に腰をおろした。誰も彼も性の娯《たの》しみに夢中になっている。

「何をするんだお前……」ファウストの唇がファウストに近づいた。

「あたしをお嫌い？」

メフィストはせいいっぱいの媚《こび》をふくんだ瞳で彼を見つめた。

「みんなと一緒にたのしみましょうよ。ここはそういう場所なのよ」

「おれは……そんなつもりで山へ来たんじゃない」

「あたし、貴方《あなた》が好きになったの。夢中なのよ。だから貴方にすばらしいことをしてあげる。人間がだれも味わったことのない甘露《かんろ》を飲ませてあげる」

気の遠くなるような香りが漂い、ファウストはほとんど意識を失いかけ、メフィストに押さえつけられた両手は自由がまるで利かなかった。彼女は無防備のファウストにおおいかぶさってぴったりと重なった。彼女の唇がふたたびファウストの顔を襲った。

しかしファウストの唇はまだ自由だった。

彼は必死で叫んだ。

「コケコッコー」

俄然《がぜん》、周囲に大混乱が起った。

「にわとりのトキの声だ！」

「にわとりが鳴いたわ！」

「朝がくるぞ！」

「朝なの？」

「朝だ、逃げろ！」

物凄《すご》い悲鳴の渦、嵐のような物音とつむじ風。岩陰の魔物たちは逃げまどう。あっという間に一匹残らず姿が消えた。霧が晴れ、媚薬《びやく》の香りもなくなった。

メフィストは呆然《ぼうぜん》として口をあけたままころがっていた。

つくづくとファウストの顔を見つめ、

「貴方って人間は……」

悲しげに首を振って、

「つまんないことを知ってるのね……」

ファウストは起き上がって、土埃《つちぼこり》を払った。

「こんな所で休んでなんかいられない。早く金鉱の所へ案内してくれ」

メフィストはしぶしぶ立ち上がった。

「しらけちゃったわ」

「しらけたのはこっちだ。本当の朝の来ないうちに、金を地上に運び出さなくては……」

山頂ではまだ狂宴がつづいている。谷間の奥に巨大な裂け目が口をあけている。そこにはさすがに妖怪達は居ない。

そこから地底へもぐりこめるのだ。

幸いにも見張りの鬼たちはみんな祭りに出かけて留守。ただ一匹、三つの頭を待った竜が眠りこけている。彼は魔物の中でも窓際族《まどぎわぞく》で、黄金番を仰せつかったのである。

忍び込んだメフィストは、竜をだまして、三つの頭の口から腹一杯に金塊を呑みこませ、地上へ運ばせせようとする。所が、いくらお人好しでぼけ加減の竜でも、一つの頭だけはしっかりしていて、だまされたと知るやファウスト達に襲いかかって来た。しかしあとの二つの頭がぼけてしまっていて、思うように動けない。そうこうしているうちに夜があけて来て、竜は莫大《ばくだい》な黄金を地上にはき出したままそそくさと地底に戻って行ってしまった。

ファウストとメフィストは黄金を大統領官邸へ運んだ。閣僚たちは胆をつぶし、狂喜して、ファウストをたちまち大蔵大臣にのし上げてしまった。

——でもそのあとがいけなかった。

ファウストは、まだあの子のことを忘れてはいなかった。

——マーガレット……あんな小娘のどこが気に入っているのかしら。

——あの子の為《ため》に、ファウストは豪邸を買っちゃって、彼女と、同《どう》棲《せい》をはじめてしまった……

――マーガレットは無欲なのね。ちっとも嬉《うれ》しそうな顔もしないで、ひたすらファウストの愛情だけを信じているんだわ……

メフィストは、その豪邸の召使いの部屋へおしやられ、毎日いらいらと命令を待ち続ける立場になったのだ。

悪魔でもヒステリーになるのだ。彼女はシーツを破ったり、枕をひき裂いたり、壁の額にべったり墨をぬりたくったりする発作をおこしつづけた。もっとも、それらは彼女がすぐまた元になおしてしまったが……

――あの小娘を豚に変えてやろうかしら。

いえ、それより、世にもみにくい顔にしてやったら痛快だわ。……

そう何度思ったかしれない。

だがまずいことに、ファウストから厳しい命令が出ていたのだ。

――マーガレットを守ってやれ、メフィスト。

契約上、一年間は命令を厳守しなければならない。従ってマーガレットに手が出せない。

「そうだ！　ファウストを彼女からひき離せばいいんだわ。彼はトロイのヘレンに惚《ほ》れ込んだんだわ。どうせ無理だろうとは思うけれど、彼をそそのかして、ヘレン探しの旅に出よう。彼はきっと喜んで出かけるわ。すると少なくとも、ある時間はマーガレットと切りはなせる。手は、そこからよ。彼に、マーガレットを忘れさせるのは」

メフィストには自信があった。

彼女はこの名案を実行に移した。ファウストを連れ出し、タイムトラベルに出発したのである。

時間《とき》を逆行するには、一旦《いったん》、宇宙へ出なければならない。それから次元の壁をつきやぶり、異次元空間をつっ走った末に地球へ戻る。

すると何千年か過去に逆行したことになる。

悪魔にはそれらの作業は苦ではなかった。メフィストに守られたファウストは、何事もなく三千年昔のギリシャへやって来た。

そこには、歴史的に忘れられたかずかずの亡者《もうじゃ》や妖怪が住んでいた。ヘレンを探すために、メフィストはフォルキアスという老婆をつかまえた。彼女は三人で一つの目を使って住んでいる魔女である。

フォルキアスはヘレンの館へ案内した。しかし、どうやって連れ出したものか思案に暮れた。

「ヘレンには並の人間は近づけない。しかしヒロンというケンタウルス族の若者だけは彼女の寝室へはいれる」

とフォルキアスは教えた。ケンタウルス族は半人半馬の怪物である。メフィストは魔法で自分のからだをファウストに合体させ、ケンタウルス族の若者になりすましてヘレンの館に忍びこんだ。まばゆいばかりの寝姿で眠っていたヘレンは、目覚めて、ファウストを見たとたんに彼に心を奪われた。ファウストはヘレンを背中に乗せて館をぬけ出した。しかし、大平原をかけぬけるうちケンタウルスが一族あげてヘレンを奪い返しに襲って来て、西部劇もどきの追跡が展開した。危機一髪という時次元の裂け目にたどりついて、二人はやっと現世へ戻ることができた。

こうして、数々の危難《きなん》を経て、やっとの思いで自分の館へヘレンを連れてくることができた。

ファウストはヘレンに一番よい部屋をあてがい、毎日毎夜通いつめた。もうマーガレットのことなどすっかり忘れてしまったようだった。

マーガレットは悲嘆に暮れ、ついに邸《やしき》から姿を消した。もとの自分のちいさな家へ戻ってしまったのだ。

そのあと、ある日の朝、ファウストは、ベッドの上で石と化してしまっているトロイのヘレンを発見したのだった。

ヘレンはやはり過去だけに生きる女だったのだ。

ファウストは驚きと怒りにわれを忘れた。

「メフィスト！」

彼はつかみかかって叫んだ。

「貴様が魔法をかけたのだな！　ヘレンの美しさをねたんで石に変えたのだろう？」

「ちかって申します。あたしのしたことじゃありません」

「では貴様の魔力でもとに返せ！」

「無理ですわ、ご主人様。でも世界一の美女なんて、ヘレンのほかにも居ますわ」

「どこに居る！　早くここへ連れてこい！」

その瞬間、メフィストの姿はまばゆいばかりのレディに変った。

その目からは妖《あや》しい光がファウストを射すくめ、姿態をなまめかしくくねらせて、ファウストをさしまねく。

ファウストは、暗示にかかったように、立ちすくんだ。

「抱いて……」

メフィストが呼びかけると、ファウストはいわれるがままに彼女を抱きしめ、接吻《くちづけ》をした。

二人はベッドへ倒れ込んだ。

メフィストは身を震わせた。

「いや！　こんなのいや！」

叫びながら、もとのメフィストの姿に戻って、ファウストをおしの

け、

「こんな手管《てくだ》なら、いくらでもできる！　でもそれはあなたをなぶっているだけ。あたしのほしいのは、貴方《あなた》の本当の愛なのよ！」

と、すすり泣き始めた。

「くそ……悪魔め、どこまでおれをだますんだ！」

「だましてなんか居ない。貴方、察してくれてないの。あたしがどんな気持で貴方と一緒に居るのか……」

「貴様はおれと契約した悪魔だ。契約どおりおれに従っていればいいんだ！」

「貴方こそ、あたしにとって悪魔だわ。なぜこんなにあたしを苦しめるの」

「だまれ！　もうその手には乗らないぞ」

メフィストは身をよじって訴えた。

「ファウスト、あたしが好きだって云《い》って、お願い……」

「ああ好きだよ、大好きだ。お前を召使いとして満足しているよ。くされ縁でここまでつきあって来た仲だ。おれがほしいんならくれてやる。魂でも首でも一年たったら持って行けよ」

「ええ、一年たったら、貴方はあたしのもの……」メフィストはふらふらと立ち上がった。「ご主人様、ご用をなんなりと……」

「おれの三つののぞみを知ってる筈《はず》だ」

「世界一の美女……」

「そいつはあとでいい。おれを早く世界の王者にさせろ！」

その時、館の門をつき破って、はいって来た車があった。

「ファウストの奴《やつ》はどこだ？」

「ファウストならここに居るぞ」ファウストは玄関から出て行った。

「なんの用だ?」

「おれは軍司令官ワレンタイン。貴様が男なら、今ここでおれと決闘しろ!」

「何だって? なんの理由でお前とわたりあわなけりゃならないんだ」

「とぼけるなっ、マーガレットはおれの妹だ。よくも貴様はおれの妹をなぐさみものにして捨て去ったな。おまけにほかの女にうつつをぬかして。妹は狂うほど悲しんでいるのに……さあ、剣を抜け!

貴様にたっぷりと妹の返礼をしてやる」

憎悪に燃えたワレンタインは、剣をファウストにつきつけた。

こうなれば受けて立つしかない。

ファウストは二、三度剣を交えて、ワレンタインが並々ならぬ剣客であることを悟った。ファウストは斬りたてられ、絶体絶命の窮地に立たされた。

「メフィスト、何をしている！　助けてくれーっ！」

メフィストが、ファウストの剣に魔法をかけると、剣は生きもののように伸縮して、ワレンタインの胸を貫いた。

「畜生！　悪魔め！」

ワレンタインはよろめきながら、車に乗って、門の外へ走り去った。

下町のマーガレットの家では、彼女がベッドに泣き伏している。

血まみれになったワレンタインがはいって来て、崩れるように倒れた。

「兄さあん！」

「マーガレット……おまえが愛している男は悪魔にとりつかれた人間だ……おまえは悪魔に呪われているんだ……早くこの町を去れ……遠くへ逃げろ……おれは死ぬ。おまえの仇《かたき》を討つ積りが残念だ……」

そう云《い》って、ワレンタインは息絶えた。

マーガレットは、兄の胸をかきいだいて泣いた。

ワレンタインの死によって、軍司令官のポストが空いた。大統領はさっそくファウストを軍司令官に任命して、隣国との戦いの総帥《そうすい》にすえた。

「この戦いに勝てばわが国も強大国になれる。そしたら君を次期大統領に推してやろう」

それをきいて、ファウストは武者震《むしゃぶる》いした。世界の王者の目標が、ぐんと近くなったのだ。

「しかし、どうやって勝てばよろしいんですか？　いっそ核爆弾でも一発……」

「それはいかん！　ほかの国がうるさいからな。もっと別の作戦を考えろ。ねんをおしておくが負け戦《いくさ》ならば死刑だぞ」

ファウストは館へ帰って、頭を抱えた。

「国防軍だって、数に限度があるのに……なにせ二十年も続いて慢性化した戦いだ。どうやって活を入れりゃいいんだろう……」

ファウストは途方に暮れてしまった。

「メフィスト、おれの命令だ。勝つ作戦を考えてくれ」

「ご主人様、一つ方法がありますわ」

「ほんとか？　どんな？」

「人工生命体を使うんです。たしか、大学でワグナー教授が人工人間を完成させているはずですわ」

「人工人間……それだ！」

ファウストはとび上がった。

「メフィスト、おまえはまたとない智恵者《ちえしゃ》だぞ！」

ファウストは大学へ走った。

思い出深い研究室では、ワグナーが名誉教授におさまって、人工人間の開発に没頭していた。

「これはこれは、ワグナー教授どの」

ファウストは皮肉っぽく挨拶《あいさつ》した。

「おや大蔵大臣……いやたしか軍司令官でしたかな……なにか?」

「人工人間はいつ完成するのですか?」

「さあてな……最終段階に来ておりますが、なにぶんにも予算が……」

「予算はいくらでも出す!」ファウストは胸を張って云《い》った。「すぐ人工人間を完成させろ。大統領命令だ」

「どういう風のふきまわしです。研究費がけずられて弱っている所へ、干天《かんてん》の慈雨《じう》ですな!予算さえ頂ければ完成も間近いでしょう」

「金はいくらでもやる。急げ! そして、完成したら大量生産にのり出すのだ」

「大量生産……輸出品目にでもなさるのですか？」

「余計な穿鑿《せんさく》だ。学者はただつくりゃよい。何万体とつくって国防省へまわしてくれ。そうしたら君を大学総長にしてやる」

「有難い幸せで」

欲と金に目のくらんだワグナーは、一も二もなく承諾し、人工人間の大量生産を開始した。何千もの水槽に人工細胞がばらまかれ、たちまち増殖して人の形をとっていった。人の形といっても、その生物には、理性の光がなかった。単なる人間のマネキンであった。しかし次々に完成して、百体ずつまとめて国防省へ送られて来た。国防省ではただちに、その魂のぬけがらのような人間もどきに、即製の軍隊教育をほどこしていった。

みるみる強力で統制のとれた兵士ができ上がっていく。

彼らは機械人形のように同じ行動をとった。

おまけに、理性に欠けているから、ただひたすら冷酷で残忍で、殺りくと破壊しか頭にない殺人道具であった。

何千という人工人間兵士が揃《そろ》ったところで、国防省前の広場で閲兵《えっぺい》が行われた。

壇上に立って、満足げに見入るファウストは、軍服に腕章をはめ、チョビひげをはやしていた。

「軍司令官万歳！」

隊長の声とともに、何千の手がぎこちなく上がった。

ファウストは片手をあげてこたえ、

「勝つためには、一木一草も焼き払え、老人子供とて生かしておくな！進軍せよ！」

と命令した。

いまやファウスト司令官は、国防軍を手中におさめ、事実上の権力者にのし上がっていたのだ。

彼が一言命ずれば、魂のない兵士達がどんな自殺的な行動をも辞さないのだ。なにしろ彼等《かれら》は怖れもためらいもなく、人間性などみじんもない生物なのだ。かりに彼等が地雷原にさらされたとしても、ひたすら前進を続けて死体の山が築かれ、後続の兵士はそれを踏んで進むだろう。

事実、それからの戦局は一変した。

あとからあとから無数に押し寄せる人工人間師団には幾重に陣を敷いた敵もひとたまりもなかった。

しかも、文字通り壊滅作戦がつづいていった。彼らの進んだあとは荒涼たる瓦礫《がれき》だけであった。

その頃、国境に近い谷間へむかって、とぼとぼと足を運ぶ疲れはてた娘が居た。

マーガレットだ。

谷間は緑に包まれ、清らかな流れにうるおされていた。ここは二十年前、両国が領土権を争って戦争のもとをつくった場所だ。しかしあまりにも美しい土地のために、両国の兵士もここだけはふみこもうとせず、弾丸の一発も撃ち込もうとはしなかった。

その谷間のちいさな小屋に、老人夫婦が住んで居た。彼らにとっては、二十年続いた戦争など別世界の出来事であった。

「ばあさんや、誰か来るよ、娘っ子じゃ」

「おんや珍しい」

「お、倒れたぞ、どうしなすった、えろう疲れとるな、まあ家ん中で休まっしゃい」

息たえだえのマーガレットはベッドに横たえられた。放心状態だった。

「ファウスト……」

彼女の口から洩《も》れるのは彼の名しかない。

「しっかりしなせえ、娘さん」

老婆が顔を曇らせた。「こりゃあ、頭がいかれてるよ」

国防省。

チョビひげをはやし、腕にどくろの腕章をつけたファウストが、ふんぞり返って大きなデスクに坐っている。

壁には占拠した隣国の地図が張ってある。赤いバツ印がいたる所にしるされている。壊滅した町のしるしである。

ドアがあいて、ぞろぞろと閣僚高官がはいって来た。

先頭におっかなびっくりの大統領。ものものしい国防省の雰囲気に気をのまれた態《てい》である。

「司令官……」

大統領はおずおずと云《い》った。

「君は、お前は、そちは、貴殿は……」口ごもって、「すこし越権がすぎやせんか」

「閣下、なんのことです」

ファウストはそっくり返って尋ねる。

「隣国はもうとっくに降伏のサインを送って来とるのに……君はいつまで隣国を荒しまわっているのだね。わしゃ、いいかげんに、停戦しろと君に指令した。なのに君は……」

「戦争のことなら国防省に任せて頂きましょう」ファウストは居丈高《いたけだか》に云った。

「君は依然として、無差別な殺りくと破壊をつづけさせとる。わしゃ反対だ。いや、君を除く全閣僚が大反対だ」

みんなはうなずいた。

「あれではせっかく平和が来ても、隣国は焼け野原だよ」

「いい加減に人工人間の兵士を引き揚げさせたらどうだね」

「あれでは我国が隣国だけでなく世界中からにくしみを買ってしまうばかりだよ」

「兵士達は今でもどんどん生まれ続けて来て居るのです！　その兵士達を引き揚げさせてわが国が面倒を見るのですか！

兵士は戦って死ぬ消耗品です。隣国を征服し終ったら、あとは、こちらに文句をつける国々へ派遣して、そこも占領してしまうまでです！　そのためにあるのです！」

「司令官、大統領のわしの命令に従わないつもりかね。君を解任する」

「解任される覚えはありません」

「わしがそう命じるのだ。全閣僚の合意だぞ」

ファウストはみんなを睨《にら》みつけた。

「誰だ、私を解任するのに賛成なのは。前へ出て貰《もら》いたい。さあ名乗り出て貰おう」

護衛兵が、銃を構えた。

閣僚達は震え上がった。

「誰もないのですな。大統領、貴方《あなた》の思いちがいだ。それとも年のせいですこしぼけなさったかね。さあお帰り願おう」

大統領達は銃に追い立てられて、そそくさと退場した。

メフィストがはいって来た。

「よい時期ですわ」

「あいつら、ことごとにおれに文句をつけるんだ」

「今夜あたり、クーデターで政権を奪いとっては？」

「大統領を退陣させるのか」

「いいえ、いっそ殺すのよ。閣僚達全部もね。人工人間兵士にやらせなさい。情け容赦なく殺してくれるわ」

「よし。そうしよう」ファウストは側近にあごで合図した。側近の人工人間はぎくしゃくと出て行った。

「これでめでたく貴方は大統領ね」

メフィストはうす笑いを浮かべて云《い》った。

ファウストは隣国の地図を眺め、不満そうに彼女をふり返った。「おれは正直いって、物足らん。なんかひどく空虚な気分だ」

「貴方がおっしゃる通り、これからは、各国へ人工人間兵士を派兵させましょう」

「世界を敵にまわすか……」

「ええ、ローマ軍のようにね。もちろん大国は核兵器やら電子兵器で対抗してくるわ。だから、まずそんな基地や施設を最初におさえるの。あたしの力で、彼等《かれら》をテレポートさせて、基地の心臓部へ送りつけるわ。あっというまにその国の中枢《ちゅうすう》がこっちの手におちるわ。あとは簡単だわ」

メフィストはコンピューターのキイをおした。

巨大なスクリーンに世界地図がうつり、次々に赤く染まっていく。

「計算では、三六五日で、貴方《あなた》は全世界を征服できるはずよ」

その夜、大統領官邸に火の手があがり、兵士達が猛獣のように突入した。

大統領も、閣僚も全員殺された。何人かが逃げ出そうとして、街頭の部隊の標的となった。勝ちほこった兵士達は近辺の民家やビルも次々に襲って火を放った。逃げまどう人々に無差別な銃火《じゅうか》がふりそそいだ。

理性のない人工人間には、ものの判断がつかなかった。敵を全滅させた彼等は今度は味方や市民達をも殺し始めたのだ。

ファウストは寝室で眠りながらしきりに身じろぎをしている。

窓のカーテンが赤い。

市内が燃えているのだ。

ファウストは夢を見ていた。無数の市民が血を流しながら彼に向って襲ってくる。彼は死にもの狂いで逃げている。彼が逃げ込もうとする家は、ドアをあけると中から火が吹き出す。彼は教会らしき建物に逃げ込む。正面にマリアらしい像。

彼はその像に近づく。

「お助け下さい！　追われています」

彼はマリア像の顔を見る。

なんと、マーガレットではないか。

「マーガレット！」

ハッと目が覚めて、ファウストはベッドから起き上がった。

汗びっしょりだ。

カーテンの外が赤いのに気がつく。

カーテンをあける。市街が燃えている。

「だれか居ないか！」

当直兵がはいって来た。

「どうしたんだ、空襲なのか」

「いえ、クーデターであります」

「クーデター？　一般の建物が燃え上がっているじゃないか」

「人工人間の仕業《しわざ》であります。見境いなく放火し、破壊しております。私の家も焼き払われました」

「人工人間の兵士共か！　指揮官に伝えろ、破壊行為は即刻中止させよと」

「指揮官も殺されました。奴等《やつら》は……指揮官なしでも統制がとれています。まるでロボットです。ひたすら、破壊するだけです……」

「なんたることだ！　メフィストを呼べ。すぐここへ来いと云え」

ファウストはベランダへ出て、手すりにもたれて燃えさかる街を眺めた。

「マーガレット……」

彼は久しく忘れていた名前を呼んだ。

「君もあの燃えている町の住人だった。君は今どこに居るんだ。遠い国に逃げのびたか、それとも、どこかをさまよっているのか……」

うしろでメフィストの声がした。

「この有様はなんだ!」

ファウストは、噛みつきそうな形相で、

「命令だ。すぐ火を消せ」

「ご命令とあらば」

メフィストが手を振ると、俄《にわ》かに土砂降りの雨が襲った。

シャワーのような勢いに、町の火は、たちまち下火になって黒煙が立ちこめた。

「メフィスト、人工人間の兵士どもは味方も殺してるんだぞ!」

「すこしばかりの犠牲はしかたがありません。なにしろ、世界の王者になるんですから」

「極悪人、狂人のレッテルをはられてか……」

ファウストははき出すように云《い》った。

「王者になりさえすれば、偉人に変りますわ」

「おれは、さながらネロ皇帝だ！」

彼は、首をふった。

「メフィスト、こんな状態で、おれが満足すると思うのか。それどころか、不満がつのってひどくみじめな気分だ！　なんとかしろ」

「ぜいたくなのね、ファウストって。忍耐ってものがあるのよ」

「こんなことじゃ一年どころか百年たったって、おれは満足できない
……」

「落ち着いてお休みなさい」

ファウストは再びベッドへはいった。

寝つかれなかった。

「おれが若返ったのは生きるということの意味を見つけるためだった
……」

暗闇の中で彼は考えた。

――おれの生きがい……それは、いつ見つかるんだ！

おれは何をすればいいんだ……

誰か教えてくれ、人間にとって、真の満足とは何かを……

うとうとした。

「マーガレット……そこに居たのか」

彼女が悲しげに立っていた。

「おれは君を探して居たんだ」

ファウストが手をのばすと、彼女の幻影は、ついと遠のいた。

「逃げないでくれ！」

ファウストは暗闇の中を、追って行く。

「愛してるんだ、マーガレット」

彼女は首を振り、さらに遠のいた。

ファウストのからだは泥につかり、次第に沈んで行く。

「マーガレット！　苦しい」

首まで泥に埋まった。

「息ができない！　助けてくれ」

「貴方《あなた》が……」マーガレットが叫んだ。「自分の力で……がんばるのよ」

彼女は消えた。

「苦しい！」

もだえ、あえいで、ファウストは目覚めた。

じゃーん！　電話がなっている。

ファウストは受話器をとった。

「なにっ、マーガレット？」

ファウストの顔色が変った。

「もしもし、もしもし、マーガレットか」

「ファウスト……」とぎれとぎれの声が聞えた。

「マーガレット！　マーガレット！　今、どこに居るんだ？」

「ファウスト……」

その声はかぼそくなって消えた。

かわって、老人の声。

「ファウストさま、マーガレットは、ずーっと貴方様《あなた》のお名前をつぶやくだけで……頭も狂って……それに、もう死にかけておりますので」

「死にかけている……その場所を云《い》え、早く教えてくれ！　今、そこへ救急車をやるから」

「ファウストさま、もう、ここも長くもたねえでございます。恐ろしい人殺し兵隊がこの谷の入口までやって来て、どんどん森を焼いております。もうすぐこの小屋までたどりつきます。わしらも、皆殺しです」

「谷間！　そこだけは襲わないという協定なのに、そこが美しい平和な場所だということは誰でも知っていたのに……そうか！　あの魂のぬけがらどもには谷間もなにも見さかいがないのだ！」

ファウストは一瞬、いいしれぬ恐怖と、後悔に襲われた。

「今、その兵士共をとめてやる。なんとかくいとめてやるから、それまで、マーガレットを頼むぞ！」

云いすててファウストは寝室をとび出した。

メフィストがにんまりと立っている。

「ご主人様、ご用は？」

「もうお前の手はかりん！」

ファウストはきっぱりと云った。

「今、おれは自分が何をすべきか知った。おれは自分の力で解決してみせる」

ファウストは、銃とピストルと手榴弾《しゅりゅうだん》で身をかためた。

「無茶をしないで、やめて！」

「お前はついて来るなっ」

「あの人工人間たちと闘うつもり？　殺されに行くようなものよ」

「やってみなけりゃわからん。谷間へ行って、マーガレットを救うんだ」

「あの娘！　あんな娘なんか、忘れてしまった筈《はず》でしょう。あんな娘のために目的を棒にふるの？」

「どけ、おれは彼女を愛してるんだ。今はっきりわかった！」

メフィストはファウストの前へ立ちふさがった。

「メフィスト、これは主人の命令だ。おれに構うな」

「ああ……ファウスト……あたしだって……あなたを愛してるのよ……」メフィストは最後ののぞみを託して必死になって叫んだ。

「行って来る」

ファウストはメフィストをおしのけ、ドアをあけて玄関先へとび出し、待たせてあった車にとび乗った。

「ファウスト、待って、行かないで」

追ったメフィストが、手を上げて、魔力で車をとめようとし、震えながらひっこめた。後部ナンバープレートだけが落ち、車は猛スピードで門から疾走して行った。

「これだった！」

ファウストは興奮して叫んだ。

「今までのおれはあいつに頼ってた！　おれは今こそ、おれ自身でやってのけてやる、見てろ……」

彼は青春の中に居た。

「これが生きがいなんだ！」

町には瓦礫《がれき》の山と死体ばかりあった。あの人工人間師団が、敵味方の区別なく、無差別にふみにじって行ったのだ。そうだ、根元《こんげん》は人工人間が際限なく生まれてくることだ。その装置を破壊して根を絶たねば、彼等《かれら》をいかに殲滅《せんめつ》したとて賽《さい》の河原《かわら》なのだ。

「そうだ大学の研究室だ！」

車は学園町に来て居た。隊伍《たいご》を揃《そろ》えた人工人間が二号館から出てくる。そこへファウストの車は突っこんで行った。

人工人間の群がはねとんだ。ファウストは二号館の奥へつっ走った。あちこちの部屋のドアが破られ、器具が飛び散っている。職員や研究員の死体がころがっている。人工人間はついに大学の人々までも巻き添えにしてしまったのだ。

目前にめざす人工人間培養室がある。ずらりと陣を構えた人工人間兵士がファウストに銃火《じゅうか》を浴びせる。

ファウストは物陰から手榴弾《しゅりゅうだん》をほうった。兵士がふっとび、ドアが破壊された。

中にずらりと並んだ培養池がみえる。ここでクローン細胞が培養され人工人間ができ上がって行くのだ。

突然、一人の男がドアの外へ逃げ出そうとして兵士に押えられ、必死で抵抗した。

「助けてくれ、司令官！」

「君は……ワグナー教授！」

血だらけになったワグナーは叫んだ。「こいつら、生みの親の私を裏切った……こいつらは自分達でここを支配する積りだ……司令官！こいつらを根絶やしにしなければ……たいへんな事態になる！」

「おれもそのために来たんだ！」

ファウストに向って、ワグナーは兵士をふり切って逃げ出した。

後から一斉射撃がおこり、ワグナーは蜂《はち》の巣になって倒れた。ファウストは自動小銃を乱射しながら部屋へ向って突撃した。ばたばたと兵士が倒れ、ファウストは部屋へとびこんだ。はるか培養池の列のむこうに、制御室のドアが見える。そこまでたどりつけば、コンピューターの前へ行ける。

しかし通路は兵士でいっぱい。そいつらが四方からファウストをねらい撃ちすればひとたまりもない。

「そうだ。奴等《やつら》は、仲間は襲わないのだっけ!」

そう気づいたファウストは培養池の中へとび込んだ。

培養池の列は間隙《かんげき》で連なっていた。培養液の中を、底を泳ぎながらファウストは制御室へ近づいた。液の上には人工人間になりかかった生物が一面に浮いている。それには兵士達もねらい撃ちができないのだ。

ファウストは息をつめて潜り続け、割れるような心臓をこらえて一番奥へたどりついた。

すぐ上は制御室だ。

さあ今だ！　彼は池からとび出すが早いか、制御室のドアをつき破った。

制御室にも何人かの兵士が居た。そいつらはファウストに狼《おおかみ》のように襲いかかった。

「うわっ！」

右胸を撃ちぬかれたファウストは、コンピューターの正面でどっと倒れた。

倒れながらも、手榴弾《しゅりゅうだん》を握りしめた。コンピューターめがけて投げつける。

ぐわーン!!

回路が木端微塵《こっぱみじん》となり、あちこちでショートの火花がとび、次々に爆発、また爆発。制御盤からドッと上がる焔《ほのお》。

「やったぞ！」

同時に、培養池でも異変がおこった。温度平衡装置のコントロールが狂って、培養液に泡が立ち始める。たちまち沸騰《ふっとう》して人工細胞が煮えくり返る。分解を始めたのだ。

ついに、培養室のパイプも爆発し始める。

ばーん、しゅーッ、しゅーッ！

兵士達は、もとより魂のない人形である。それに対して手を打つすべもなく右往左往するだけなのだ。なかには、通路から煮えくり返った池へ落ちる者や、熱湯をかぶって溶ける者もいる。

ファウストはきりきりと刺すような胸を押えて起き上がる……焔の勢いは大きく広がり、制御室はまもなく火の海になるだろう。一刻も

　早くあの谷間へマーガレットを救いに行かなければならない。

「行くぞ！」よろけながら部屋を出、混乱する通路を、自動小銃を撃ちまくりながら廊下へ向う。

　一個小隊の兵士が廊下を走ってくる。それに対しても、ファウストは手榴弾《しゅりゅうだん》で粉砕した。「どけ！」

　車にたどりつかねば。

　ファウストの胸はすでに真赤になっている。気が遠くなりそうなのをこらえ、彼は壁づたいに建物の入口へたどりつこうとした。

　車が燃えている！

「失敗《しま》った！　連中が車を襲ったな！」

　車がなければ谷間へはとても行けない。それまで命がとても保《も》たない。

　キャンパスのどこかに、せめて、バイクでもないだろうか。

そうだ一号館にバイクの駐車場があるはずだ。

ファウストは歯をくいしばり、足をひきずって一号館へ向って歩いて行く。

大学正門に、ぼっと青い焔《ほのお》が上がり、悪魔の姿が浮かび上がった。

長い尻尾《しっぽ》、ひづめのある足……本来の姿にもどったメフィストである。

彼女はファウストを追って来たのだ。

——なんという無謀な……。

彼女の目には、血まみれのファウストが、子供じみた、無鉄砲な坊やに見えた。と同時に彼をなんとかしてやりたい母性愛のような感情が湧き上がっていた。彼女はすでに自分の立場を忘れていたのだ。無論もはや悪魔として失格にちがいない。

ファウストに襲いかかろうとする兵士の群が見える。

メフィストは、無意識に手をさしのべて、それらを火で焼いた。

ファウストが、こっちを向いた。

「メフィスト!」

「ファウスト、そのままでは死にます。そのきずをなおしてあげるわ。こっちへいらっしゃい」

「来るなと云《い》ったろう! おれは……おれは自分の力をためす……自分の力でやりとげる! 手出しをするなっ」

「ファウスト……」

一号館。

幸いにも、バイクがあった。

学生がバイクで逃げようとして倒されたらしい。キイがついている。

ファウストはバイクを起こし、跨《またが》った。

ドドドド……

猛烈なダッシュ。

矢のようにうしろへ飛ぶ市街地。

ハイウェイへ出る。谷間へは一直線だ。しかし、十重二十重《とえはたえ》の人工人間師団を突破しなければならない。

「けちらすぞ!」

ファウストは前方にバリケードを見た。

あっという間にバリケードをつき破った。

後から銃火《じゅうか》がバイクの両側をつきぬける。彼は振り返りもしなかった。何十人か、何百人か、人工人間の列の中へ飛び込み、はねとばした。ショック、骨の折れる音、肉体が潰《つぶ》れる音、血しぶき、それらをかえりみず、彼は走った。ひたすら走った。

ハイウェイは何度か分岐して次第に峠へさしかかっていた。峠を越せば谷間へ下り道だ。峠を機動部隊がゆっくり砂煙を上げて進んでいる。なむ三！　彼は道からはずれ、スロープの雑木林へコースを変えた。そこで近道をとって、先頭の装甲車を止めるのだ。

バイクは、峠の両側の崖の上から、さかおとしに装甲車めがけて突進した。

搭乗ハッチをあけて、ファウストは、中へ最後の手榴弾《しゅりゅうだん》をぶちこんだ。

装甲車が爆発するのと、バイクが道路へとびおりるのと同時だった。

谷間の入口の目前に来て障碍物《しょうがいぶつ》のために機動部隊はストップしてしまったのだ。

突然頭上をミサイル機が通過した。

あれにも人工人間が乗っている！

ファウストは青くなった。

敵国に落されるべきミサイルが、谷間に次々に発射されていく。もう手遅れだ！　森が黒煙をあげて燃え上がる。ちいさな泉があっという間に蒸発する。

小屋が火に包まれている。あの小屋だ！　ファウストは最後の力をふりしぼって、小屋へやっとたどりついた。

老人夫婦が焼けただれて死んでいる。

炎の奥にまだ誰か居る。

「マーガレット！」

ファウストは叫んだ。

はたして、それは彼女だった。

ファウストは火の中へとびこんで抱きかかえた。

息たえだえの彼女は、ファウストをじっと見つめた。

「ぼくだ、ファウストだ、助けに来たんだよ」

「貴方《あなた》なの……ファウスト……」

「マーガレット、君を愛してる！　心から！　君こそ世界でただ一人の人だ」

すでに火の海は二人を包み、とうてい逃げ出すすべはなかった。二人は固く抱き合って立っていた。なぜかファウストには熱さも苦しさも感じなかった。むしろその時間が永遠に続き、すがすがしい満足感が漲《みなぎ》った。

「時間《とき》よ止るがいい！」

ファウストは思わず口走った。

「おれはせいいっぱい努力した。こんな充実感を味わってもう思い残すことはない。最高の瞬間だ。

時間《とき》よ、お前はなんと美しい……」

一瞬、時間が止った。

炎も、煙も、なにもかもが絵のように静止した。

すぐそばにメフィストが立っている。

「ファウスト、とうとうその言葉を口にしたことね」

メフィストは、すでに悪魔の本性に戻って冷たく云《い》った。

「契約では、貴方《あなた》が『時間《とき》よ止れ、お前は美しい』といった時、貴方の魂を頂くことになっていたわね。今、その時が来たのよ」

彼女の心の奥でなにかがささやいた。「彼を愛しているくせに」

メフィストはぶるっと身を震わせて、心の声をはらいおとした。

「さあ、貴方はもうあたしのもの」

メフィストは血の契約書をファウストにつきつけた。

ファウストは無言でマーガレットを抱きつづけていた。その目は、彼女への深い愛を湛《たた》え、同時に悪魔が自分達を裂こうとするなら敢然《かんぜん》と闘う決意を示していた。

「そんな目であたしを見ないで！」

メフィストは絶叫した。

「あたしから逃げられないわよ！」

彼女は怒りに震えた。

「悪魔をなめるんじゃないわよ！」

と云い終らぬうちに、谷間全体に割れ目ができ、そこから地獄がぱっくり口をあけた。堪《た》えられぬ臭気と渦巻くガスと、血のような水がふき上げ、空には稲妻が走り、抱きあった二人は嵐の中にさらされた。しかし二人は離れなかった。

異変がおさまり、彼女の目には涙が浮かんだ。その涙を彼女は指で受けとめ、じっと見入った。悪魔が泣くのは例のないことだ。彼女は負けたのだ。

メフィストは、ゆっくり契約書を破り、青い炎で焼いた。

「本来なら、このままではすまないのだけれど……」

彼女は、しばらく無言で、じっとファウストを見つめ、

「貴方《あなた》が好きだから、許してあげる。その女と、幸福《しあわせ》になんなさい」

その時、時間が動いた。

ファウストとマーガレットは火に包まれ、小屋全体が焼け落ちた。

しかし、その時、メフィストの目には、二人の魂が一つの光となって空高く上がっていくのが見えたのだ。

「遠い空の上で、たまには、悪魔のことも思い出してちょうだい」

メフィストは泣き笑いのような表情で、いつまでも見送っているのだった。

ナスカは宇宙人基地ではない

（146頁よりの続き）涯を懸けているように見えた。祭祀《さいし》長アノクアルパは殆《ほとん》ど黒いもののなくなった見事な鬚《ひげ》をしごき、おもむろに帝王に説明した。「チャン・マトル河周辺のパンパは、すでに両の指に及ぶ行事の反復にて再び使用するにはもう堪《た》えませぬ。かつて刻みましたる溝條《エトラ》の軌跡が新規のものと交りまして光流が移動しては見苦しいと愚考いたします」

「中央高地の日輪《にちりん》面は広過ぎる」帝王は機嫌をそこね、不満そうにつぶやいた。なにしろ三十年に一度、帝王の神聖にして巨大な権威をナスカ帝国全住民に示す国家的な祭祀《さいし》なのだ。その場所が変更になることは、はるばるプカラや北方のワヌコあたりから見物に来る宗徒へ、通達を出すだけでも不便なのだ。

帝王はすぐさま三人の奴隷《どれい》を呼び出して首を切り、床に流れた血糊《ちのり》を眺めながら言った。「あの附近は山脈《やまなみ》からも遠い。チャン・マトルと違い、光流もはっきりとは望めぬ、効果も疑わしい」

「しかし、大規模なエトラは造れまする」祭祀長も、負けずに二人の首を刎《は》ねさせながら答えた。「それに私めに、ニヤオライの神が宿り給《たま》い新しい軌跡の造形を教えられました。これは二百デポの遠方からも望見でき、宗徒は恐らく歓喜の叫びを上げるでござりましょう」

三つの首級《しゅきゅう》の皮をむかせ、目玉をくり抜かせながら帝王は興味をそそられて訊《たず》ねた。「いかような造形か」

「獣の姿を描きまする」

「獣の姿とは」

「頭から尾まで五十ケルマもある地上絵でござりまする。

先《ま》ず神の示し給《たも》うた高地の場所に祭壇を造営し、その地点を中心に放射状に――つまり太陽神の光條とおなじく八方にエトラを掘らせまする」アノクアルパは新しく七人の捕虜を並べさせ、片端から首を刎ねつつ説明した。「このエトラも以前よりも規模を雄大に、四百デポに及ぶものでござりまする」

「四百デポ」帝王はうなった。「それでは山脈につき当ってしまうではないか」

「山脈《やまなみ》を乗り越えて掘らせまする。光流が山を越えて進むさまを見れば、帝《みかど》の御威勢のあまねく広きことを知るでござりましょう」

部屋中にたちこめた血なまぐさい匂《にお》いを恍惚《こうこつ》と嗅ぎながら帝王は話をうながした。機嫌はすこしずつなおっていた。

「して、獣の姿はなんとするのか」

「エトラに支流をつくり、その支流の溝を鳥、獣の姿にかたどるのでござります。火流はその形どおりに燃え流れ、その先は再び本流に戻ります る」

「つまり、火をもって巨大な姿を描くというのであるな」

「左様にござります。すなわち、帝の御威光は太陽神の光芒とおなじく畜生類にも及び至ることをあらわしまする。猿、蜂鳥、ガラン鳥、虫魚に至るまで描きましょう。ことによれば鯨も」

「それは名案じゃ、いや、神はそちに名案を授け給《たも》うた」帝王はすっかり嬉《うれ》しくなり、手を打って笑った。「予が芸術を重んじることを民に示すよき折でもある」

帝王はその夜、きれいに脳味噌をえぐり出した首に、糸玉をつめる儀式を珍しく三十回も繰り返した。そしてそれを血で描かれた地形図のあちこちに置き、満足そうに祭祀長《さいし》に示した。「予の定めた地点に獣を描くがよい。そのように定め、行うのだ」

大規模な土木工事が始まった。それは前の祭事が終った翌々年にはじまり、きっちり二十七年後に終った。六万人の奴隷《どれい》と三万人の捕虜が動員され、捕虜たちは灼《や》けつくようなアンデスの荒野の中に棒杭のように並んで立たされ、バタバタと死んで行った。彼等は生きながら測量の道具になったのだった。

湿気の尠《すくな》いこの地方では、目のよいナスカ人ならば、三キロメートル遠方の人間棒杭も見透すことができた。定規で引いたような直線が確認され、その線はどこまでも延び、岡や山を越えてさらに続いた。さらにその線の上に砂と方解石のまじった、赤茶けた地面に溝が掘られて行くのだった。

気の遠くなるような、馬鹿げた工事であった。これが治水工事ならば賢明な政治と言えよう。だが、ただ一回の祭祀《さいし》のために三十年の歳月が費やされるのだ、また、それのみが挙国的な行事であり、帝王にとって唯一の権勢の誇示であったのだ。しかし、それが何百年かの間に何度も反復されたことは、帝王への忠誠として民衆が容認し、奉仕していたわけになるのだ。

一方ではこの線に沿って、さまざまな動物の絵が構図どおりに拡大されて掘られていった。その絵は一、筆、描、きでなければならなかった。なぜなら、たった一回の点火で、溝を火が流れて行って絵を描かねばならないからだ。しかも、その動物の線の末端は、かならず本線の溝に合流していた。その動物の絵は、ナスカ王朝がほこるさまざまな美術工芸品のデザインから流用され、一筆描きになおしたものが多かった。こうして、吹き荒れる風と、干からびた雑草のほかなにも見られなかった何万エーカーもの荒野に、三十年かかって、見事な無数の溝が忽然と現れたのだった。

祭祀の日の数カ月前から、附近の山や丘には、この盛大な行事を見ようと人々が押しかけ、テントを張って辛抱強く待ち続けた。

放射状に刻まれた蜘蛛《くも》の巣の中央には祭壇が築かれ、そこには念を入れて殺された五十人の奴隷《どれい》の首が布で包まれて埋められた。エトラのある個所は広場となり、そこには一面に油をしみこませた土が播《ま》かれ、焼き殺される生贄《いけにえ》が縛りつけられた。いよいよ祭祀《さいし》の日が訪れ、荒地に夕闇が迫り始めると、奴隷《どれい》や兵士たちは一せいに溝に油を流した。油壷だけで当日のために数十万箇が用意された。

夜風に打掛をはためかせながら、帝王は山の上の聖壇に坐《すわ》った。

「用意はよいかな」

「日没と共に、祭祀長が聖火を点火いたしまする」

武官の一人が言上した。「この周辺の族長で、アイデアを盗み、自領の山に獣や人型の溝を掘った不届きな者がございます」

「よい、捨て置け、どうせイミテーションじゃ」帝王は鷹揚《おうよう》に笑った。

そのとき、アンデスのかなたに太陽の最後の光芒が消え、荒地は青黒いベールに蔽《おお》われた。突如、豆粒のような松明《たいまつ》の灯《ひ》が揺れ動いたかと見るや、たちまち何條かの光の條《すじ》が花火のように地上を走って周囲に広がった。光流はまたたくまに何十キロメートルも突き進み、ある所では奇妙な四辺形や三角形に広場を囲んだ。炎の明りが照らされて、その広場では巫女《みこ》の舞踏や、僧侶たちの行進や、生贄の屠殺《とさつ》などが行われているのが見えた。しかも、さらに、火の流れは突然直進を変えて曲りくねり、群衆がどよめく中で、見事な巨大な猿や蜂鳥や蜥蜴《とかげ》や蜘蛛《くも》に変貌して行くのだった……。

ナスカ王朝が亡び、何世紀もの間、吹きつのる風は、この荒地の溝から、油のしみこんだ石や、焼け焦げた砂や、生贄の灰などを、洗いざらい吹き飛ばしてしまった。長い長い年月、この気違いじみて馬鹿げた造形は、誰の目にもふれず、記録もないままに放置されていたのである。この奇怪な線條を発見したのは、アメリカの学者P・コソック博士で、なんと一九三九年のことだった。

ペルーのちっぽけな航空会社エアロ・コンドル航空の専属パイロット、ホアン・リツァラーガ君は、何十回も観光客を乗せたビーチクラフトでナスカの上空を飛んでいる。彼は、ドイツ人マリア・レイチエ女史が保存に努めている例の地上絵のほかにも、彼自身発見した、もっと古い地上絵を知っているという。

「お客さんにだけ、こっそり見せますよ」と彼は言うが、その実、誰彼となく教えているらしい。

その地上絵は、有名な例の絵の場所から数十キロメートル離れた、干上った河のほとりにある。一層古い年代のものらしいということは、その消滅の程度でわかる。おもしろいことにこちらには動物の絵は一つもない。

こんな地上絵を描いた主は誰かと訊《たず》ねると、

「そりゃ宇宙人ですよ、宇宙人にきまってまさあ。人間業《わざ》じゃないもの」

と声をひそめて言う。「UFOってのは、ほんとにあるんでしょう？あれと関係ありますよ、これは絶対だ」

リマ市の私設博物館「ムーゼオ・アマノ」を造った天野芳太郎氏は、腹立たしげに見学客に話しかける。

「宇宙人だって？　それは白人どもがでっち上げたお題目でしょう。フランシスコ・ピサロがインカ帝国へ侵入して、古代インディオが造った大建造物にブッたまげて、まず考えたことは、この文明をキリスト教国に紹介したくないということだったのです。つまりキリスト教徒以外に、ヨーロッパ人以上の文明人が居てはならないのですな、白人の論理は。

で、どうしようもない文明の遺跡にぶっつかると、それを素直に認めないで、みんな宇宙人が造ったのだということにしてしまうんです。デニケン？　いや、白人はみんな同じムジナですよ。つまり白人が文明の最先端にいて、宇宙人は、その上に居たって仕方がないという構図です。

しかし、現実に、古代インディオは、巨大なダムを造り、肝をつぶすような精巧な青銅の鋳物《いもの》を作り、〇・五ミリメートルのビーズ玉に穴をあけたのです。

ナスカの地上絵も、確かに彼等《かれら》自身が考え、彼等自身の技術によって造った遺産です。しかし、なんの目的で造ったのか、そればかりはわかりませんな。おそらく現代人の常識からは想像もつかぬ理由でしょう。それを考えるには、あまりに歴史的な史料もなく、また納得のいかぬ答えが返ってくるような気がしますがね」

氏の憤慨《ふんがい》に堪《た》えぬといった説明を聞いていた手塚治虫は、心の中で宇宙人基地説が音をたてて崩れて行くのを感じ、なんとはなしに、フッと奈良の大仏のことを思い浮べた。あれも当時は国を挙げての大工事だったのだ。たった数百年ののちに、ただの観光コースの目玉商品に過ぎないものになるとは、誰が予測し得たであろう。ナスカの地上絵だって、当時としては画期的な宗教的表現の新機軸だったかもしれないのだ。たとえば、京都の大文字のように、遠方から見せるためのデモンストレーションだったのかも……彼には当時のナスカ王朝が、帝王や僧侶たちの音頭で、このおおげさで無鉄砲な工事に突入していった光景が目にうかんだ。おそらく同じような行事は何度も何度も繰返されたに違いない。その度に膨大な人の命が犠牲にされ、国を傾けるほどの費用がつぎこまれたに違いない。そしてそれはたぶん一人の人間の権勢のためだったのだ。――帝王は何年も、ひたすらそのことの執念に、残された生（133頁につづく）

ガリバー旅行記

S・F・Fancy Free

1

私は、たまらずにロケットのハッチからころがり出した。からだがちぎれて崩れおちるような、感覚が足の先から逃げてしまいそうな絶望的な苦しさ。

これが、重力酔いというやつか。長年地球を離れていると、久し振りであじわう地球の重力が、ひどく異質なものに、抵抗を感じるものだ。しかしこれは激しすぎる。目まいはおさまったが、頭痛はウォトカの二日酔いよりなおひどい。

そこは浅瀬だった。太陽が輝いているのに、空はむらさき色だ。それにこの寒さ！　なにもかも変だ。ここが地球なのだろうか。赤道径12756KM　質量6×10^{21}T　平均密度5.52G/CM^3　力学的扁平度0.00327237±0.000059　平均剛性率11.7×10^{11}……

ロケットの自動測定値はまさしく地球のそれを示している。しかし、なんという里帰りだ！　私は身ぶるいし、岸にむかって歩き出した。岸は一面、苔《こけ》とでもいうか、妙な緑色の草で蔽《おお》われていた。私はその一つをつまみあげてみた。苔ではない。その下からアリのような生物が逃げていった。

一面うねうねと、低い丘陵がつづいている。木一本ない。鳥も、犬も、人影はさらにない。海は遠浅で、さざ波が立ち、静かで、不気味な青さだ。これは、私の故郷じゃない。滅びかかっている。地球の死にかかった姿だ。二十年、私が離れている間にいったい何が起ったのだろう？

急におそろしい孤独感に襲われて、私は立ちつくした。人間はいったいどこへいってしまったのだろうか。例のアリのような虫けらどもは、私の足もとをしきりにかけまわっている。やつらがこの地球の最後の知的生物なのだろうか。

2

ロケットの通信ブザーが鳴っている。

私は浅瀬をひき返し、ロケットの中へ飛びこんでレシーバーを耳にあてがった。まぎれもない英語が聞こえてきた！　私は耳を疑った。「君のために三十エーカーの農園がメチャメチャだ。君は損害賠償を要求されるぞ。六千ドルだ！」

「あ、あなたはどこにいるんです？」

「海岸だ。君のぶざまな足跡の上じゃ！」

私は一メートルも飛び上がると、目を白黒させて海岸のほうを眺めた。……人間だったのか！　あのアリが……！　あの一センチほどの虫けらが……！

「どうしてそんなに小さいんです。あなたは……」

「論理的にまちがっとりゃせんかね。『なぜ私はこんなに大きいのです？』と訊くべきだと思うね」

「私が大きすぎるって？　あなたがたが正当な大きさだと思うんです

か？　たった一センチの……」

といいかけて、私はハッとした。あの丘や海が、当然、何十メートルもの高さや深さをもつものとすれば……もとの地球の姿なのだ。とすると、私の大きさが異常なのか？

「わしはこのあたりの民政官をしとるエフという者だ。書類作成上、君の身元を訊《き》かにゃならん」

「イワン・ペペルモコウィッチ・ガリバーです。二十年間小惑星エロスでウラン採鉱に従事し、契約が切れたので引揚げてきたんです。出発の時には、たしかあなたと同じ大きさでした。しかし……こんな奇怪な例がほかにあるのでしょうか？」

エフ氏は、それはいずれ専門家に解決させるべき問題だとして、それよりもまず、損害賠償の告訴を示談にしてやるから、わしに協力しろといった。六千ドルは払えないので、私はしぶしぶ承知した。彼は次期の州知事に立候補しているので、その応援をたのむというのだ。

仕事というのは、地面に向って、

「エフ氏にご投票下さい！　エフ氏に清き一票を！」

とどなればいいという。やむを得ず、私はノートをまるめると、のどをからして日課をはじめた。何万人かは、この天来《てんらい》の声を、いやおうなしに聞かなければなるまい。

「エフ氏に一票を！　民衆の正しき先導であるエフ氏にご投票を！」

おそらく、ジェット機の騒音以上の効果があったろう。

一度、失敗して大きなクシャミをして、十人ばかりを吹きとばした。ただ幸いなことに、これは対立候補の立会い演説会だったのだそうだ。

ついにエフ氏は当選した。

3

「ありがとう、ガリバーさん」

突然、レシーバーに鈴をふるような声が聞こえた。

「あなたは?」

私がたずねると、彼女は、エフ氏のひとり娘のケイだと答えた。私は地上を見まわしたが、例のごとく、二、三匹のアリがうろついているだけだった。

しかし、久しぶりに聞く女性の声に、私の胸ははげしく躍った。

「お気の毒なこと!」

彼女は心から同情するように、

「きっと、あなたは病気なのよ。父が、あなたのところへ学術調査団を派遣するといってましたわ。でも私は、おくすりの方がいいと思うわ……」

まもなくお偉方連中《えらがた》が、ライターのような車にのってやってきた。ノミのように私の胸へよじのぼり、しきりにモゾモゾと動きまわり、胸毛の中へはいってもがいていた。私は、ボリボリとかきたくなる衝動を押えた。

「いやはや！　じつに珍しい病例じゃ。『慢性進行性重力性細胞肥大症』とでも名づけるかな」

歯のぬけた学者の声がレシーバーにとびこんできた。

「脳下垂体異常の巨人症ではない。癌《がん》変性でもないようじゃ」

「というと、どういうことなんです！」

と私はさけんだ。

「つまり重力とのバランスが崩れたのじゃ。君のからだの細胞組織は、小惑星の重力に耐えうる質量を余儀なくされ、結果としていちじるしく肥大したのだとしか考えられん。一箇の細胞が、ニワトリの卵ぐらいの大きさになっとる」

「冗談じゃない！　そんな大きな単細胞があるものか！」

「きみィ、ニワトリの卵はもともと単細胞なのじゃよ」

それから学者たちは、ニワトリと卵の関係について、長いこと議論をたたかわせた。

私はむしょうに腹が立って、いきなり胸毛の中の学者をはらいおとし、沖のほうへ歩いていった。そしてクジラを二、三匹つかまえると、串《くし》にさしてバーベキューを始めた。

4

私、イワン・ペペルモコウィッチ・ガリバーは、ここ数日来、まったく自己嫌悪にとりつかれている。私はなんて大きくて、みにくいのだろう。

垢《あか》じみた肌の毛穴まで、しょっちゅう人前にさらしているのだ。私の一挙一動は、月や太陽と同じく、いやでも人の目についてしまうのだと思うとたまらなかった。

今さらながら私は、山や川をなんと美しい姿だろうと思い、妙な話だがジェラシーさえ感じる。

食糧にはしばらくは、ことかかなかった。ロケットの食糧合成機が、どうやら宇宙食を提供してくれるからだ。

ケイの話では、どうやら巨人対策協議会というものができたらしい。つまり私をどう扱うか、生かすか追出すかをきめる連中だ。しまつのわるいことに、私は大きすぎて土木工事には役に立たなかった。よくよく附近を注意しないと、家の二、三軒は踏みつぶすし、人間は吹きとばすし、電線も水道管も切ってしまうからだ。

協議会では、私のために、巨人道路建設の予算を組んでくれた。つまり、私がうろついて被害を出すのを防ぐためだ。

私の行動範囲は制限された。しかし、この道路も、私が野たれ死《じに》したあとはオリンピック道路につかうという名目で、やっと予算案が通ったらしい。

商売人たちは私の利用法を考えついた。私のからだや足に、広告をとりつけるのだ。動く野立ち看板みたいなものだ。

しかし利用効果は絶大なので、新聞の一面広告のように、私の体の値段はあがった。私の体は肉牛のようにくぎられ、スネはいくら、下腹はいくらというぐあいである。

私は体じゅうにポスターやネオンサインやアドバルーンをつけ、ふらふら歩いていれば、けっこう金になった。

5

ケイは毎日私にあってくれた。

といっても、音楽のように美しい彼女の声が聞えるだけで、どんなにのぞきこんでも、アリのように見えるだけである。

「ご不便でしょ、お気の毒だわ」

「なあに、たいしたことはありません」

「あなたは地球へ帰るべきじゃなかったのだわ」

ケイの声は悲しそうだった。

「宇宙には、もっと大きな人間の住んでいる星がきっとあるわ」

「私は地球人ですよ」

「私は、あなたを敬遠したり、利用する人たちがにくらしいの。あなたは、もっと自由のはずよ」

「ありがとう」

——たしかに私は、彼女に——いや彼女の声に惹《ひ》かれた。私は彼女を喜ばせたいと思った。

6

ある日、ひどく激しい台風が発生して、本土に接近しつつあるというニュースが入った。風速六〇メートルの超大型台風だ。上陸すれば大被害をこうむるだろう。

私はロケットから手ごろなパイプをひっこぬき、シャツに結びつけて即製のうちわをつくると、台風に向っていった。

さすがの私もよろけるほどの勢いだった。おまけにしきりと私に落雷するので、ひどくやけどをした。

しかし臆《おく》せずに、私は台風の目めがけて、せっせとうちわであおいだ。

しかし、台風はいっこうにおとろえない。

私はとっさにロケットへひきかえし、修理用の溶接器をもちだして、バリバリと火を吹かせた。

とたんに、上昇気流がおこり渦は混乱して、とうとう崩れ出した。

7

一躍《いちやく》、私は英雄になった。報道陣が殺到し、何やら数えきれないほどの肩書きがくっつき、賞金がつみ上げられ、それをねらって銀行や保険会社がまた殺到した。

金があるとつよいものだ。いままで私を毛嫌いしていた連中が先に立って後援会をつくってくれた。毎日のようにテレビや映画へ出演させられ、きちがいじみたファン・レターが山のようにきた。

しかし私が満足したのは、ケイが最も喜んでくれたからだった。

ついに私は、彼女に私の気持をうちあけようと思った。しかし私が愛をささやこうとしても四キロ四方にきこえるのだ。

その上、心配なのは私の体がまたずんずん大きくなり出したことだ。

とうとう、私のからだは雲の上へつきぬけてしまった。

もうこれ以上、地球に住んではいられない。

そんなある夜、ケイが訪ねてきた。

「ガリバー、私たちに力をかしてください」

「私たち？」

「ええ、私たちは……父が許さないので……結婚できないのです」

「おねがいです、ガリバーさん」

若い男の声がとびこんできた。

「ぼくたちはこの地球ではむすばれません」

「ガリバー、あなたが地球を去ると聞きました。私たちを、いっしょに連れて行ってください」

私は、とたんにすべてをあきらめた。せめて彼女を幸福にしてやりたかった。

私は――いや、私たちは地球をさよならした。

そして、いまこうしてあんたがたの仲間入りしている。

あんたがた巨人族の星にめぐりあえて、とてもうれしかったよ。私はもう、地球からの移民なんてことは、すっかり忘れてしまった。

え？　彼女たちはどうしたかって？　彼女たちは幸福な一生を終えたし、その子孫は、いまや数万人にふえてるはずだ。もちろん、ほとんど目にみえないよ。

なに、みんな、私の体の上に住んでるのさ。なんなら五、六千人、あんたに移してあげようか。そろそろせまくなったので、移民でもと思っていたのでね。

シートピア

二十世紀もあと数時間で終ろうとする一九九九年十二月三十一日の夜……

シートピア（海底都市）ネオ・ノーチラスのI・D・P・O（インターナショナル・デベロップメント・オブ・ザ・トランスフォーメーション・オルガニゼーション（国際変身開発機構）では、五人の改造人間――サイボーグが誕生しようとしていた。

世界的な科学者たち――日本の整形外科の

(権)
权威大隅《おおすみ》博士、ノーベル賞受賞の生化学教授アメリカ・ワシントン大のサウンドストック博士、　ソ連科学アカデミー副会長で宇宙医学の权威アントノフ－イワノフ博士、　血液学の泰斗《たいと》、インドのアジャンタ博士、　フランス大脳生理学の第一人者ルブラン博士、　そしてドイツが誇る精密機械科学のベテランマインホッフ博士らが、国際的規模で、人智の限りを結集して完成した改造人体であった。

これを完成する目的は、宇宙の開発にあった。

と同時に、宇宙からの脅威にそなえるための示威でもあったのだ。

◇

それより三年前、中国青海省のツアイダム盆地のサベクに、怪円盤が着陸した。

これは地球人類にとって、国際問題から宇宙的視野にチエンジせざるを得ない画期的な大事件であった。

どういうわけか、円盤には生物自体の姿は

コクヨ

なく、ただその円盤の性能、攻撃（撃）力が、人類の全能力を以（以）てしても立ちうちできないほどの高度なものであることがわかった。

全世界の話題をさらったこの円盤、中国の科学者がペキンへ輸送する途中で、突然大爆発をおこし、あとかたもなく消滅した。

これは、宇宙のかなたの何者かからの、地球人類への挑戦であると推測された。

目に見えぬ（ぬ）宇宙の敵からの脅威、そして宇宙探険へのあらたな注目。

B4　20×20

米ソは共同で月に観測基地を設け、徹底的な調査と開発にのり出した。

さらに、目標は火星、金星へ移った。これらの星はなまみの生物ではとうてい移住するに絶えられなかったが、耐久力の強い特殊合成物質でつくられたサイボークなら可能である。宇宙開発と、基地造成のためのサイボークが必要だった。

そこでシートピアでの極秘研究が始まったのである。

二〇〇〇年一月一日、サイボーグ一号は目ざました。

かれは全身精密極まるコンピューターと人工器(器)官の集合体だった。

ただ一つ、脳組織だけが、かつて人間だったことを示していた。その脳組織も頭蓋をはずされ、胸廓センターの中に収容されているのだ。

その脳は、かつて間《はざま》健吾といった。

B4 20×20

向健吾なる人物は、三年前交通事故でショック死したのだ。

かれの肉体をシートピアへ運び込んだのは大《おお》隅《すみ》博士だった。

そして、かれの改造手術がはじまった。

サイボーグ二号は、サイボーグ一号の成功のあと、ひきつづいて手術が開始された。

その脳はエジプトの若い科学者のものだった。

サイボーグ三号は女性の姿をしていた。
サイボーグ四号は、なんと犬の形だった。
サイボーグの活動れはときとして二本足より動物型のほうが適する場合もあるのだ。しかし脳は人間のものであった。

サイボーグ五号は、まるっきり人間の形状をしていなかった。一見、超性能のスポーツカーかロケットのようだった。だが、これも宇宙をかけめぐるための適切な形だったのだ。

サイボーグたちは、もちろん海中、空中を

自由に闊歩《かっぽ》出来たし、その体質は摂氏五〇〇度↓氷点下三〇〇度まで活動が可能だった。

その上五体が自由に分解し、別の器材をとりつけることによって、新しい性能を加えることもできた。

その一つに、ロケット化がある。

下半身にロケットエンジンカプセルを加えることで、亜光速も出せ、宇宙パトロールもできるのだった。

頭部さえ、つけ替えることで自由に変貌で

きた。　また半透明のからだに特殊な皮膚造成剤をぬることで、なまみの人間に変装することもできたのである。

　さらに、両手両足、ときには躯幹にさえ、武器をしこむこともできた。

　武器は、レイガン、レーザー、麻酔銃、マシンガンなどがある。

　それより、特殊能力としては超音波による通信や会話、飛翔能力、擬音能力（いろいろな物の音と同じ音波を出す）などの技能をも

B4　20×20

っていた。

◇

サイボーグたちは宇宙世紀め申し子びあった。

そして兄弟のきずなで団結していた。

二〇〇〇年一月一日、サイボーグ一号は目ざめた。

その時、同時にシートピアに緊急報告がはいったのである。

コクヨ

シートピア「ネオ・ノーチラス」の近くにあの円盤が着水。全世界に強い電波で放送をはじめたのだ。前の円盤より形が大きかった。それは宇宙の敵からの二度目の警告であった。

「直ちに科学開発をやめ、地球人類はすべての文明を放棄せよ。人類は原始の姿にもどれ。

さもなくば地球は亡び去るべし」

宇宙からの声を、全世界の人間がきいた。

国連では、非常事態宣言を発令した。

B4　20×20

サイボーグ一号の使命は　円盤の発射基の発見であった。

サイボーグ一号は月はじめ、火星、小惑星などを次々に調査した。

そして、ついにエロスという小惑星に、なにものかが円盤基地を造っていたことを発見した。

しかも、「第三の円盤までそこに準備されて

いた。その中には、地球人に似せたと思われ
る擬人ロボットまで収容されていたのだ。
擬人ロボットは、地球に新たな脅迫の恐怖
を投げるだろう。
擬人ロボットは人間に似て、冷酷で残忍で
怪物化されていた。人間のカリカチュアみ
るようであった。
おそらくポ四、ポ五、後続の四艦にも乗せ
られているだろう。
◇

B4　20×20

サイボーグ一号はI・D・T・Oに報告した。

I・D・T・Oは、サイボーグ達に人間の社会にまぎれて人間たちを守るように指令した。

人間や犬、車に変装したサイボーグたちは各都市の市民たちの中で、誰にも気づかれずに見守っている。

円盤からひそかに送り出される擬人ロボットの襲撃(撃)に具《そな》えながら。

悪魔島のプリンス

三つ目がとおる

〝人間の腹には虫垂《ちゅうすい》という突起がついている。これは人間の先祖が草食動物だった名残《なごり》だ。

また、ごくまれにシッポのある赤ん坊が生まれたり、からだじゅう毛に包まれた人間が現れたりする。これも人間の先祖がえりの例なのだ。

これからボクが紹介する写楽保介《しゃらくほうすけ》という少年も、もしかしたら、は

シノプシス………180

るかな昔、先祖がもっていた遺産なのかもしれない〟

幼稚園で園児と砂遊びをしている写楽。

どろんこになって中学校へ戻ってくる写楽。同級生達がからかい、いびりまわす。

それを柔道でなげとばす一人の女生徒。

〝写楽保介、このおかしな同級生にボクがかかわりをもったのは、あんまり彼が何をやられても、かんじもしないもんだからハガユくてつい……かくいうボクは花もはじらう乙女《おとめ》、名は和登千代子《わとちよこ》〟

バカにされて、教室でも外でもいたずらをされつづける写楽。だが写楽《しゃらく》は泣いたり、逃げ廻ったりはしても決して男らしく対決しない、いわゆるいじめられっ子。しかも授業中は居眠り、教師にとがめられてもノンシャランとし、数学の時間に国語の本を出したり、トイレへ行きつづけたり、答案はちゃらんぽらん。要するにおちこぼれ的少年。いじめっ子の大将が、写楽のひたいの大きなバンソウコウをひっぺがす。と、そこに目のようなイボがあった。

茫然とする生徒達、のろのろと立ち去る写楽。

「あいつ、まるで三つ目だぜ」

「三つ目小僧だ!」

タイトル――〝三つ目がとおる〟

おできのひたいをむき出しにしたまま、校舎の屋上で熱心になにか床に書いている写楽。

それは奇怪ななにか装置の図面らしい。

いじめっ子の二、三人が屋上へ上がってきて、再び写楽をいびりだすが、写楽がひたいをむけると、おできが強く光りだし、烈《はげ》しいエネルギーを発射して生徒達を階段からころげおとす。

和登《わと》さんが上がってくる。彼女に向かって、彼は図面の説明をする。これを組み立てて校庭にすえれば、教師も生徒も脳みそをトコロテンにして、学校中を支配できる、と。和登さんは当然信じない。

その夜、学校の物置からガラクタをいっぱい運び出した写楽は校庭のまん中に、図面どおりのおかしな装置を作り始める。不安にかられる和登さん。朝が来て、うわさをきいたいじめっ子達がやってくる。

写楽《しゃらく》はでき上がった装置から強い光線を発射して連中の体を光で包みこむ。いじめっ子達は魂をぬかれたようになって座り込んでしまった。

写楽は、驚き呆れる和登《わと》さんに装置は大成功だと自慢する。

しかし、つづいて写楽の父親の犬持《けんもち》博士と友人の須武田《すぶた》教授が校庭に息せききって現れる。

「誰だ写楽のバンソウコウをはがしたのは。あれをはらないと、あの子は、危険なんだ！」

写楽はあわてて逃げようとしたが犬持はウムをいわさず彼をつかまえてペタリとバンソウコウをはる。とたんに写楽は猫のようにおとなしくなる。

あっけにとられる和登さん。

用務員でてくる。

「物置から何でもかんでも持ちだして、いたずらばっかりしおって……近頃のガキ共は……」

といいつつ装置をこわしにかかるが、写楽はすでにそれに全く関心をしめさない。

犬持医院。

和登さんが犬持に訊《たず》ねている。

「写楽くんは二重人格っていう子なんですか」

「いや、そうともいえん。問題はあのひたいのおできだ。あれは、もしかしたら第三の目の痕跡かもしれんのだ」

「第三の目ですって！」

十数年前の暴風の夜、一人の女が急患でかけこんできた。死にそうな赤ん坊を抱いて。それは急性肺炎だったが、子どもを手当てしているうちに、女は外へとびだして、雷に打たれて死んでしまった。

残された赤ん坊を、妻に先立たれて息子のない犬持《けんもち》は養子にすることにした。三、四歳ぐらいまではただの幼児だったが、その頃からひたいにできもののようなイボが出来始め、次第に増大して目玉のようになってしまった。ある日、その子が診察室へはいってきてその目を検査器具へむけたとたんに、注射器や試験管やシャーレがこっぱみじんにわれた。また、ある晩はいわゆる石降り現象がおこった。こんなことが何度も続いたために、その異変の原因がひたいの目から出るエネルギーだと知った犬持は、バンソウコウをはりつけた。目をかくした時の写楽《しゃらく》は幼児のように無邪気でたよりないが、三つ目になった時は、俄然《がぜん》悪知恵が働いて反抗的になり、いろんな発明や行動の天才ぶりを発揮するのだ。

「写楽くんのお母さんの身元はわからないのですか？　素姓は？」

「まったくなにもわからん。だが、写楽の描く絵や図形には、古代マヤ民族ののこした絵と共通するものがあると、考古学者の須武田《すぶた》くんがいうとった」

ある日、和登《わと》さんは写楽くんを連れて、民族博物館へ行った。ちょうど古代マヤ展がひらかれていたのだ。

マヤ民族は今から一千年以上前、メキシコのユカタン半島やグアテマラを中心に栄えていた特異な人種で、東洋人の血をひいているがその文化や風習は、その附近のどの種族や国民とも異なる奇妙なものだ。

そして科学、数学、天文学に優れ、巨大な建築を残したままある時突然消滅してしまったのである。

マヤ民族の遺品の中に、厳重な管理のもと陳列された矛《ほこ》のようなものがあった。古代文字が刻まれている。

写楽《しゃらく》は、もちろん、そんなものになんの興味もなく、むしろあちこちの展示品をいじくりまわしてガードマンに追い出される始末。

和登《わと》さんは、その矛の古代文字をうつしとった。なにかの機会に、写楽の描いた図形や絵とくらべてみようと思ったからである。

しかし、バンソウコウをはった写楽は相変わらず天衣無縫《てんいむほう》というか、はしにも棒にもかからない問題児ぶりであった。あるテストの時間、答案用紙にわけのわからない落書きをし、そのあとペンキで校庭に同じような落書きをしたために、頭へ来た教師達は校長室へおしかけて、写楽を特殊学校へ転学させることを要求した。

事情を知っている校長は、必死になって、写楽の弁護をしたが教師達はひきさがらない。そこへやってきた和登さんは、バンソウコウをはがした写楽が驚くべき天才であることを説明した。そしてテストをやりなおさせる時、彼女自身が彼のバンソウコウをはがして証明させることにした。

しかし、バンソウコウをはがされた写楽が出した答案は全くの白紙だった。見たことかといきり立つ教師達。一時間して、白紙答案にあぶり出しのように字が浮きだした。全問正解！

校庭のすみに逃げこんだ写楽に、追ってきた和登さんが例の矛の古代文字のうつしを見せた。

「『アブドル・ダムラル・オムニス・ホムニス・ベル・エス・ホリマク。われと共に来たり、われと共に滅ぶべし』これは呪文《じゅもん》だぜ」

写楽《しゃらく》はこともなげに読んで、何度かくり返した。

その時博物館の陳列室で奇怪なことがおこった。例の矛《ほこ》がガラスケースを破って動きだしたのだ。

ずる、ずると不気味に街頭をすべるように動いていく矛。止めようとする人間は、手をのばした途端に卒倒する。

矛は写楽の学校へ動いてきた。校庭のすみにいた写楽はそれを見つけ、なんなく拾い上げた。驚くべきことに、矛はまるで写楽の持ちものであったかのように、似合って見える。

和登《わと》さんはこの出来事にあいた口がふさがらなかった。

「それはなに?」

「これは、おれのもんだ。武器でもあり、カギでもあるんだ。これさえ持てばおれは何だってできる。世界征服なんてへっちゃらだ。和登さん、おれの助手になれよ。いやならこの矛の力で君をおれの思いどおりにあやつってやるぜ」

とたんに、烈火《れっか》のように怒った和登さんの空手パンチが写楽を見舞った。彼女は空手・合気道部のキャプテンなのだ。

「なめるなってんだこのガキ！　君に同情してるからこそ調子あわせてつきあってやってたのに……いいかげんにしろ！」

あまりの猛烈さに、写楽はびっくりして、それ以来彼女にだけは一目おくようになった。

その夜、またバンソウコウをはられた写楽を中心に、犬持《けんもち》医院に数名が集まった。考古学者須武田《すぶた》がスライドをうつして説明している。

テーブルにはあの矛《ほこ》が置いてある。

「この矛が写楽《しゃらく》のところへ移動した力は、いわばサイコキネシス、念力と呼ばれる超能力です。写楽のおこす石降り、不動金しばり、その他の力も、すべて念力です。このように強い念力を持った人間は、サイコキネシスを国家的に開発しているソ連にも居ない。写楽は、たしかに特殊な人間といわねばならない。

これを見てください」

スクリーンにうつる三つ目の仏像。

「インドその他に、古来から伝わる神の姿に三つ目を持っているものがあります。これは偶然の産物とは思えん。たしかに古代に、ひたいに第三の目――それはたぶん超能力中枢《ちゅうすう》なのでしょうが――を人間が持っていたという証拠がある。例えばペルーによく発見されるひたいに穴のある頭蓋骨。

古代史にものこされていない超古代に滅び去った人類文明があり、その人類は第三の目を持っていた……これは仮説ですが、写楽はもしかしたらその子孫かもしれません」

須武田《すぶた》教授の説明の終わらぬうちに、大きな物音がして診察室へ何かがとびこんで来た。犬持《けんもち》が懐中電灯でてらしてみると、首が人間の女の、こうもりのような鳥が天井にはりついている。その鳥は犬持を一撃で倒し、須武田をも庭へほうりだした。和登《わと》さんは写楽を連れ、例の矛をかかえて患者用の病室へとびこみ、鍵をかけた。廊下でドアに体当たりしてぶち破ろうとする鳥。ドアをあきらめて窓の外へまわり、ガラスを割ろうとする。和登さんは、とっさに、あの矛をつきつけて写楽の教えてくれた呪文《じゅもん》をとなえた。

矛《ほこ》から光がほとばしり、それを浴びた鳥は悲鳴をあげてとびさがった。

一一〇番する和登《わと》さん。パトカーがとんでくる。鳥はパトカーめがけで体当たり。一撃でつぶされた車。鳥は闇の中へ消えた。

警察で取り調べをうけている二人。尋ねているのは警視庁きっての変人、雲名《うんめい》警部である。彼は自分をベートーベンの生まれ変わりだと信じていて、取り調べの間中、カセットでベートーベンの曲を流している。そうすればインスピレーションがひらめく。

昨夜襲われた須武田《すぶた》と犬持《けんもち》は重傷で入院、パトカーの警官は死んだ。重大事件だが、目撃者の写楽《しゃらく》は訊ねてもお話にならず、和登さんも、ただ女の首の鳥、と訳のわからぬことを云《い》うだけなので、雲名警部は頭へ来ている。

捜査本部長は八方ふさがりの雲名警部に、この不敵な殺人未遂犯人を捕らえるために全力をつくせとお灸《きゅう》を据《す》える。

山のような報告の中から、雲名は、大きな鳥に襲われた事件を探しだす。港の老朽貨物船に鳥が止まっているのに石をなげたルンペンがつつき殺された事件だ。雲名はその鳥こそパトカーを襲った鳥ではないかと思うが、公に大捜査陣を布《し》く前に、個人的に調査するために、目撃証人の写楽と和登さんをむりやり連れ出して港へ向かった。

くだんの老朽船は、なんとも朽ち果てた不気味な廃船だった。三人が船倉へおりたとたん、気配で船が動いていることに気がついた。びっくり仰天した三人は甲板へ上がろうとして、船室へとじこめられた。

船室においてあった奇妙な神像から、声がきこえた。

「三人共この船にようこそ。この船は君達をすばらしい冒険旅行にご案内する。君達は、命がいくつあってもたりないもてなしをうけることになろう」

そしてベートーベンのレクイエムの曲が流れてきた。あらかじめ三人を人質にするための準備がととのっていたのだ。

三人をどこへ連れて行くのか？

廃船は音もなく海上を走る。エンジンの音さえない。まるで幽霊船なのだ。

甲板の上で、魚を釣った雲名《うんめい》を、マストの上からあの人面鳥が襲った。やはり鳥はこの船にかくれていたのだ。

孤島へ近づいた。例の人形が説明を始める。

「これから三つの島に出遇《であ》う。水と食物を調達するために君達はその島へ上陸しなければならない。ボートは用意してある。さあ行き給《たま》え」

仕方なく、三人は上陸した。

森の奥に沼があり、動物の白骨が散乱している。沼の中央の怪石像になにか秘密があるらしい。

雲名は推測した。岸辺の土をふむと、きっと石像の口から猛毒が流れだして、沼の水にまざって飲む者を殺すのだ。

雲名はつるを椰子《やし》の木にしばり、木をしなわせて沼の上へ垂《た》れさせ、水を汲む方法を考えた。

バケツを持って木に登っていった写楽《しゃらく》は、手をすべらせておちてしまった。あわてて岸に這い上がったのはいいが、岸の土をふんだために、石像の口から、はたして毒液が流れだして沼に流れ込んでしまった。

水はついに飲めなかった。がっくりして船へ戻る雲名《うんめい》と二人。

第二の島が近づいた。もう断じて島へは上がらぬと我を張る雲名に、上陸せねば一分のうちに船を爆破するとおどす人形の声。

三人が島へ上陸すると、奇妙な手の石像と円形の墓地があり、両手のないミイラがたくさん飾ってあった。

三人の前に巨大な僧侶が現れて、このミイラ達は、太古の人類のなれの果てで、神の罰をうけて両手を切られ、この墓地にまつられたという。

僧侶は雲名達三人もみにくい文明人のなれの果てだとして、両手を切る刑を行うと宣告した。

雲名は、自分はベートーベンの生まれ変わりだと云《い》ってカセットテープの曲を聴かせるが僧侶達は聞く耳をもたない。
和登《わと》さんは窮余《きゅうよ》の一策として、写楽《しゃらく》のバンソウコウをはがす。第三の目をむき出しにした写楽は、いぶかる僧侶達の前で、カセットテープを分解して細工を始める。改造されたカセットテープは、耳をつんざくような大音響をたて、その空気振動で墓地をおおっている石の壁がふるえて崩れ出した。僧侶達はその下敷きになり、雲名達三人はやっとのことで脱け出して助かった。

第三の島には、なにか農薬の関係で突然変異をおこしたホタルが、その島の生きものをくいつくし、上陸した三人をも襲おうとしたが、写楽の考案した設計図に従ってつくられた吸水ポンプで海水がホタルの沢に導入され、ホタル達は海水の塩分で全滅した。

第三の島から船に戻った三人を、あの人面鳥が迎えに出て、はじめて口をきいた。

「パンドラさまがみなさんをご招待する。いらっしゃい」

鳥について三人が最下層の船倉にはいるとなんと、さらにそこに昇降口があって、下は船体になっていた。なんと、廃船は、その下の原子力潜水艦のカムフラージュにすぎなかった。つまり潜水艦は廃船を乗せて走っていたのだ。

けんらんたるサロンに、女が座っていた。豪華な食卓。

「私はパンドラ。君達は三つのテストに生き延びた。その祝宴にお招きしたわけだ。うんとたべてくれ給《たま》え」

空腹の三人はむさぼるように食べ始めた。

「端的に云おう。写楽《しゃらく》、君は矛《ほこ》を扱えるただ一人の人間だ。というのは、あの矛は三つ目民族の遺した財宝のピラミッドの扉をあけるカギなのだ。それをあけられる人間は、三つ目族の血の流れている最後の一人である君しかいない。

今から五万年前、第三の目をもった超人類が南米大陸の果てに住んでいて、独特の文明をもっていた。すくなくとも現代人の文明とはちがって……いわば呪術《じゅじゅつ》と超能力と魔法で成り立っていたのだ。

その遺した莫大《ばくだい》な文明の財宝が、私だけが知っている遺跡に眠っている。それを手に入れることが私の仕事だ。和登《わと》さんと警部もつきあって貰おう」

船は、大陸に向かって進んで、やがて廃船をふるいおとし、とある海底の洞穴にはいっていく。その洞穴はえんえんと何千キロもつづいている。プレート・テクトニクスのひずみでできた地底のひびなのだ。

突然、ぽっかりと潜水艦が浮かび上がったのは、谷間の塩水湖だった。

そこから上陸してさらに歩くと、熱湯の温泉に出くわした。

「ここが財宝の倉の入り口だ」

パンドラが云《い》った。このあたりには、苔《こけ》におおわれた石造物がごろごろころがっている。

「しかし、この中にはいるのは人間ではない。そのために、三つ目族はこの鳥をつくった。これはそのための人形だ」

パンドラの命令で、人面鳥が熱湯の中へとびこんだ。温泉の底の石輪を待ち上げると底がぬけ、湯がごぼごぼと抜けおちた。

温泉の側壁に、扉のある入り口が現れた。

「あれだ。写楽《しゃらく》くん、君の出番だよ」

写楽が矛《ほこ》を扉にむけ、例の呪文《じゅもん》をとなえると矛から光が発射して扉がゆっくりと開いた。

何万年かぶりに、財宝の倉がひらかれたのだ。

中は、エジプトの王家の墓の内部のようにガラクタや黄金製の道具などがつみかさねてあった。

「ご苦労、これで君の役はひとまず終わりだ。これを被《かぶ》っておとなしく寝ていることだね」

パンドラは、いきなり写楽におかしな帽子をかぶせた。第三の目がかくされてしまった写楽は、とたんに猫のようにおとなしくなった。

「それは三つ目族の罪人用に使われていた囚人帽だ。罪人を従順にさせるとは、三つ目族もおもしろい効果を考えたものだよ」

そして、パンドラは人面鳥に命じて三人を谷間の広場にあるいくつかの棒ぐいにしばりつけた。

「いったい貴様は何者だ。正体を明かせ！」

雲名《うんめい》警部がどなった。

「私は写楽《しゃらく》くんの母親の友達だ。ふとしたことで母親にあって、彼女から三つ目族の話を聞いた。そして彼女を連れて日本へ行ったのだ。日本人にいずれ復讐《ふくしゅう》するためにね」

「復讐、なんの復讐？」

「第二次世界大戦の時、私の国で、私の一家は日本兵に皆殺しにされた。赤ん坊の私だけ救われて南米で育った。私は小さい時から日本を家族の仇《かたき》だと思ってきた」

「そんなことは遠い昔の話じゃないか」

「日本人には遠い昔でも、私の国は永久に忘れない！」

パンドラは人面鳥に三人の見張りをさせ、自分はまた倉の中へおりていった。

長い地下道、つきあたりはなにやらあやしげなどくろの面が無数に彫ってある壁。

「入り口のがらくたは、見せかけだ。本物の三つ目族の財宝はあんなものじゃない。この壁のむこうにあるはずだ。これはどんでん返しだな」

パンドラは、どくろの目のよごれているものを押した。何トンもの岩が動き、壁が開いた。

一方、人面鳥に見張られている三人にじりじりと太陽が照りつける。

囚人帽をかぶっている写楽は、あつがってぬごうとするがとれない。

和登《わと》さんは矛《ほこ》をひきつけて、矛の力でとれると思い、写楽に呪文《じゅもん》を必死で覚えさせる。しどろもどろになりながら、写楽《しゃらく》は呪文《じゅもん》をくり返す。広場のむこうから矛《ほこ》がひとりで地面を這ってきた。その矛先から光線が発射されて囚人帽を破壊する。写楽は解放された。第三の目をむき出し、矛を手に構える写楽に、人面鳥がおそいかかる。矛は人面鳥をはねとばし、たたきこわした。

いましめを解いてにげる三人に人面鳥の群れが襲撃する。人面鳥はどうやら三つ目族の財宝を守護している生き人形らしい。それがなぜパンドラの命令に従っているのかはわからない。

写楽は岩の間隙《かんげき》に落ち、雲名《うんめい》警部と和登《わと》さんは人面鳥に捕まって空高く運び去られ、海上から投げ捨てられようとしている。

その頃、パンドラはちょうど島の中央火口の底の地下洞に来ていた。

そこはまさしく三つ目族の遺した巨大なテクノロジーの宝庫だった。パンドラはそれが何に使われる装置なのかわからない。見上げるようなグロテスクな金属の塊が据えてあってチカチカ光っているのだ。何万年もの間。

「せっかく財宝を発見しても手がつけられないいんじゃ意味ないね」

いつのまにか岩棚に写楽が座って見おろしている。

パンドラは呆気《あっけ》にとられた。

「なぜここがわかった、どうやってはいってきた！」

「岩穴へおちたら、ここへころがりこんだんだ。おれにはこの装置の正体がわかるけど説明してやろうか」

写楽はこともなげに云った。

「これは潮汐力《ちょうせきりょく》を利用した重力場制御装置さ。かんたんにいえば引力を自由に変えられる機械だ。これが三つ目族の最終兵器だった。これをあやつれば地上の人間や動植物はおろか、都会や川や山も超質量で一瞬に潰《つぶ》すこともできれば、宇宙へほうりだすこともできる。ものをひきよせたり、空中でとめたり、人体飛行もできる。

これをつくったために三つ目族は自ら滅びてしまったんだ。あまり強力な装置だったために、使い方をちょっとあやまったんだろうね」

「その使い方を教えなさい！　今からこれは私とおまえのものだ。二人で日本を手はじめに、世界の強大国を滅ぼしてやろうじゃないの」

「動かし方はかんたんさ。こうすれば重力場平衡がおこる。なんでも空中に浮かぶ」

写楽《しゃらく》が複雑な操作をすると、装置が作動を始めて洞穴の中のガラクタがみんな浮かび始めた。パンドラも。

ちょうどその時和登《わと》さんと雲名《うんめい》が人面鳥に高空からおとされる瞬間だった。二人は空中に浮いたままになった。めんくらった二人は空中をスカイダイビングみたいに手をつないで游《およ》いだ。

「早くおろして！　もうわかったから」

パンドラが叫んで、写楽は静かに装置をとめた。

「なみの人間には扱えないぜ、危険すぎて。これはおれが貰《もら》う」

地上へ着陸した二人を迎えたのは写楽だった。

「いよう和登さん。この地下洞に遺してあった三つ目族の財宝がみつかったぜ。これでおれはもう世界一だ。アメリカもソ連もぶっ潰して、三つ目王国が君臨するんだ。和登さん、君をおれの妃《きさき》にしてやるぜ」

「ふざけないでよ！　イモのくせに！」

和登さんは、カンカンに怒って写楽をなぐりとばした。

その時、地面の小石が躍りだした。火口底の岩や石が炒《い》り豆のようにはね始めた。

「いけねえ、あのバカ女が勝手に装置をいじってるな！　みんなはやく火口壁の外へ出るんだ！」

三人がころびながらやっと火口壁からとびだした時、轟音《ごうおん》と共に、火口底の地面がもち上がって、ものすごい旋風と共に地下の何もかもがふき上がった。

もちろんパンドラも。

「だからいわねえこっちゃない。なみの人間に扱えるかよ」

大旋風は、まるで噴火のように火口いっぱいにまき上がり、半時間もつづいて、おさまった。

火口底にぽっかり穴があき、中はガランドウで何も残っていなかった。

「せっかく、おれが使って、世界中ひとさわぎをおこさせるつもりだったのにさ」

写楽《しゃらく》がつぶやいた時、和登《わと》さんはグショぬれになったスカートをやぶいて、写楽の目の上にべったりはりつけた。


貨物船に拾われて日本へ戻る三人。写楽はもう何もかも忘れて一心に食べている。

「写楽はふつうの子どもでいるのがいちばんいいんだと思うわ」

と和登さんがしみじみ云う。

「とにかく平和がいちばんんだ。歓喜の歌を唄おう！」

雲名《うんめい》が叫び、ベートーベンの第九がなりわたった。

ブラック・ジャックの大作戦

鉄腕アトム

突然アトムの家の庭に、タイムマシンが現れる。アトムとウランが驚いてとびだすと、男がとびだして、ロックと名乗る。二十三世紀からやってきたタイム・パトロールである。（ウランがタイム・パトロールについて尋ねる。ロック説明）

十五世紀のナルニア王国へ立ち寄ったタイムマシンが、あやまって、王子をきずつけてしまった。王子は死にかけている。もし死ねばあとの歴史がくるってしまう。タイム・パトロール員は、絶対に過去や未来の生きものを殺してはならないのだ。

だいいち、もうすでに、それまでおとなしくしていた魔法使いゴアが、軍勢を使ってナルニア王国を攻めようとし始めたのだ。

そこでロックは、二つの手段を考えて歴史をもとへもどすことにした。一つは魔法使いゴアとロボットを対決させ、ゴアを退けること。なぜなら魔法は人間にはかかるが、ロボットにはかからないからだ。もう一つは歴史上いちばんの名医を探して、ナルニア王国へ連れていき、王子を救ってもらうことだ。

そして、ロボットにはアトムがえらばれたのだ。

ロックはアトムをタイムマシンへ乗せる。ウランもむりやり乗ってきた。

タイムマシンは、五十年前の日本へ——そこには、ブラック・ジャックという名外科医がいることをロックはマンガで調べていた。

丘の上のブラック・ジャックの家。現れたブラック・ジャックは、はたして、法外な手術料をふっかけた。

仕方なく、ロックは、ナルニア王国の宝物殿《ほうもつでん》にある宝石をすきなだけ与えると約束する。宝石なら生きものではないから、多少の持ちだしはゆるされるのだ。

ブラック・ジャックといっしょにピノコも同行することになり、五人は、タイムマシンでいよいよ十五世紀のヨーロッパへ——。

城の裏へ到着したとたん、城をかこんでいた悪魔軍がいっせいに攻撃をしかけてくる。魔法使いゴアがついに王子を殺し、国をのっとろうと攻めてきたのだ。

城の人々は、ゴアの魔法によって、催眠状態となり、手も足もでない。

しかし、アトムは魔法などおそれない。とびかかる悪魔を片っぱしからやっつける。見るとそれはネズミやガマガエル、コウモリだった。ゴアが人間を催眠術にかけて、悪魔の軍勢に見せかけていたのだ。ゴアはアトムに追われて退却する。

ブラック・ジャックはロックと城の中へはいり、重態の王子を見舞う。王子は虫の息である。ブラック・ジャックは、宝物殿のカギを家来から渡されると、ピノコに命じてすきなだけ取ってくるように言いつける。

ピノコとウランは、口げんかをしながら地下の宝蔵へ――。

山のような宝の箱の一つをあけたとき、滝のような洪水が地下へなだれこんでくる。

あっというまにピノコは波にのまれ、姿を消す。

一方、ブラック・ジャックは王子を手術しようと体をしらべておどろく。なにごとかといぶかるロック。

その秘密を伏せたまま手術をつづけるブラック・ジャック。ウランが、やっと水びたしの宝物殿《ほうもつでん》からはいあがってきて、ピノコが水に流されて行方不明だと告げる。それをきいて、ブラック・ジャックはショックをうけ、心の動揺で手術が困難になる。

中CM

ゴアから鳥の使いが来て、ブラック・ジャックに手紙を渡す。

「ピノコはこっちの人質にした。返してほしければ王子の手術をやめ、ロボットと共にもとの世界へ消えよ。さもなくばピノコをいけにえにする」

で、ピノコは悪魔の祭壇に捧げられようとする。不気味な儀式。

ブラック・ジャックがゴアに会いにやってくる。

「誓って王子は手術しない」

と言うブラック・ジャックを、ゴアはブラック・ジャックの腕をきずつけ、そのしたたる血によってうらない、うそをついてないことを知る。

ピノコを返される。ブラック・ジャックは、二十四時間以内にアトムとこの国を去ることを告げる。

二十四時間たち、ロックはブラック・ジャックの扮装《ふんそう》をし、ウランはアトムに化けて、ピノコと共に、ゴアの視線に気を配りながらタイムマシンに乗りこむ。

タイムマシンが消えたところで、ほくそえんでゴアが城へ乗りこむ。まず宝物殿《ほうもつでん》へ……宝石の山を前にしてほくそえむゴア。

それから王子を殺そうと病室へ――ところがあにはからんや、ブラック・ジャックが王子をなおしている。

「そんなはずはない！　こいつの誓いはウソ発見器の保証つきのはずなのに」

「ゴア、かんちがいするな。おれは王子は手術しないと誓ったが王女はしないと言ってない。このけが人は、王子として育てられたが本当は女だ！」

ゴアは烈火《れっか》のごとく怒りくるって、ブラック・ジャックにおどりかかる。ブラック・ジャックのメスがゴアの肩につきささる。倒れたゴアはふところからマイクをとりだして叫ぶ。

「この城をぶっこわせ。なにもかも破壊しろ」

地平線から首の三つある巨人と、大コウモリが現れ、城を襲ってくる。

アトムがとびだし迎え撃とうとする。

「アトムめ、こんどはきさまも歯が立たんぞ。こんどは催眠術のごまかしではないわ。本物の怪物どもだ」

ゴアの言うとおり、巨人は金棒でアトムを十キロも遠くへぶちとばす。何度ももどってくるが首が三つもあるので、アトムはねらい撃ちの的。

アトムは岩をくだいて自分のような石像をつくり、それを思い切りほうり投げ、巨人がそれをアトムと思って気をとられているすきに地面の下から直撃。次々にレーザーで目をつぶし、いよいよ一発という時、大コウモリがアトムを捕まえて空中高くとびあがり、雷雲の中へとびこんでアトムもろともスパークしようとする。危機一髪アトムは脱出して急降下。コウモリは自爆して墜落。アトムは受けとめて巨人へ投げつける。

たたきこわされた巨人とコウモリは、なんとロボットだった。

逃げようとするゴアの前へ、ふたたびタイムマシンが現れ、ロックがブラック・ジャックの扮装《ふんそう》をといてゴアを捕まえる。

「ゴアは、未来からタイムマシンでこのナルニア王国の財宝を奪いにきた悪人だったんだ。ぼくはこいつを追いかけてこの時代へ来た刑事だよ」

三か月たち、城では王子――今は男装をやめて王女になっている――の全快祝い。お城へとどまりたいとだだをこねるウランを、むりやりタイムマシンに乗せ、ブラック・ジャックは王子から十万ドル分のダイヤを貰《もら》って、十五世紀をあとにした。

二十世紀へもどったとき、ブラック・ジャックの手にしたダイヤは、なぜか、変質してただの石英のかたまりになっていた。あっさりとあきらめて自分の家へ帰っていくブラック・ジャック。

◉おことわり

自筆原稿の明らかに誤記と思われる箇所および難読箇所を（　）で示し修正しました。

◉初出一覧

ネオ・ファウスト———1984年（劇場用アニメーションは未完成）
ナスカは宇宙人基地ではない
　———1978年2月号『ＳＦマガジン』掲載
S・F・Fancy Free　ガリバー旅行記
　———1963年12月号、1964年2月号『ＳＦマガジン』掲載
シートピア———不明（未完成）
三つ目がとおる　悪魔島のプリンス
　———1985年8月25日、日本テレビで放映
鉄腕アトム　ブラック・ジャックの大作戦
　———1981年4月8日、日本テレビで放映

手塚治虫 てづか・おさむ

１９２８年11月3日大阪府豊中市生まれ。５歳より兵庫県宝塚市にて過ごす。大阪大学医学専門部卒。１９４６年「マアチャンの日記帳」でマンガ家としてデビュー。翌年発表した「新宝島」等のストーリーマンガにより戦後マンガ界に新生面を拓く。著書『手塚治虫漫画全集』全４００巻他。１９６２年「ある街角の物語」でアニメーション作家としてデビュー。翌年放送開始した国産初のテレビアニメ「鉄腕アトム」によりテレビアニメブームを巻き起こす。実験アニメーションの分野でも海外で受賞多数。１９８９年2月9日没。

樹立社大活字の〈杜〉
手塚治虫 ＳＦ・小説の玉手箱2

シートピア

二〇一一年五月二十日　初版第一刷発行

著　者　手塚治虫
発行者　林　茂樹
発行所　株式会社 樹立社
〒２２５—０００２
神奈川県横浜市青葉区美しが丘二—二〇—一七
電話　〇四五—五一一—七一四〇
印刷・製本　株式会社東京印書館
監修者　森　晴路
装丁者　髙林昭太

造本にはじゅうぶん注意しておりますが、万一、落丁、乱丁などの不良品がありましたら、小社営業部あてにお送りください。送料小社負担にてお取りかえいたします。
全5巻　分売不可

ISBN978-4-901769-52-5 C0393